...dr Schwobaseckel

Gedichte und Betrachtungen
rund um den Saitenwurschtäquator / Band II

von Wilfried Albeck

mit freindlicher Unterschtützung
der Familie...

Imbressum - oder was mr wissa sott...

Texte und Ideen: Wilfried Albeck

Illuschtraziona: Richard Ruckaberle

Bearbeitung und Geschtaltung: Sonja Albeck

Druck: Druckerei Scholz, Flein

Erschiena im : Verlag Albeck, Flein

4. Auflage 2003

Kirchgasse 14, 74223 Flein
Fax-Nr. 07131/572661
Internet: www.saitenwurscht.de

...auch dieses Buch ist wieder in der neuen deutschen Rechtschreibung verfasst - etwaige Fehler sind daher beabsichtigt...

ISBN 3-9806999-0-0

Inhaltsverzeichnis

immer no in dr Mitte
- S'dritte Weckle
- Königlich
- Urlaubserinnerungen
- Hauptsache UV-stabil
- Vom Grilla
- Warum i net gern ins Freibad geh

ziemlich hinta:
- dr Blättlesscheißer
- Abendliche Unterhaltung
- Bei uns geht's rund
- dr Kloitierzuchtvoroi
- s'Heifle
- dr Eikauf
- Tierliebe
- Tradition
- Rückschluss

hinta:
- Die tote Sau
- rauh aber herzlich
- Es kann einer kein Schwabe sein...
- Armut
- Neue Sicht

Wenn irgendwas in der Aufschtellung fehlt, no schteckt's ebba dazwischa, auf jeden Fall isch's drinna!

Genügend? (Vorwort)

Wenn mr so Gschichtla oder so Gedichtla schreibt wia in dem Büachle, no schtellt mr sich manchsmol so gewisse Froga:
Liest des, was mr do schreibt überhaupt oiner? Und wenn, versteht derjenich, wo's liest au wia i's gmoint hab? Soll i so schreiba, dass es jeder verschteha ko oder so wia mir's halt eifalla duat?

Natürlich wär's mr recht, wenn älle mei Büachle gfalla däd und i bei jedermann bekannt und beliebt wär. Aber no müasst i mi manchsmol scho a bissle verschtella und mei eigene Moinung hindanumm schtella. Sich der breita Öffentlichkeit opassa, mit em Schtrom schwimma, des saga, was d'Leit höra wellet. Doch des macha ja heut scho so viele, do muass i net mitmacha. Mir isch liaber, dr oi oder andere akzeptiert mei Eischtellung net und isch kritisch oder lehnt ebbas ab, als dass des, was i schreib und damit saga will, nemme so isch als wia i's denk. Und mir isch's hundertmol liaber, wenn i net älle Ansprüch genüga dua, als dass i mein eigena Anspruch aufgeb.
Mr könnt jetzt saga, des wär schtarrsinnich, aber dr Schwabe und zu dieser Gattung zähl i mi, isch net schtarrsinnich, höchschtens eiga. Eigasinnich, eigawillich, ab und zua sogar eigabrödlerisch. Aber des isch ja grad des Schöne an uns Schwoba, dass mir eigaschtändich sind und eiga. Erscht diese Eigaheita machet doch d'Leit aus und bereichern unser Ländle. Durch Eigaheita werdet Unterschiede herausgschtellt und machet uns unverwechselbar.

Ja und grad aus solcher Unverwechselbarkeit heraus wächst Heimatverbundaheit und des eigene 'schwäbische Feeling', wia mr des neudeutsch heit saga duat. Durch dieses Gefühl dieser schwäbischen Lebensart entstehat Eigaheita, die oft gebiets- und landschaftstypisch, aber auf jedenfall koschtbar und wertvoll send.

Deshalb liabe Leser, wenn ihr mit dem oina oder andera net eiverschtanda seid, no haltet mir des meiner Eigaheit zuguate und send froh, dass au ihr eire Eigaheita hent. Wenn oim au net alles gfällt, muass dr Rescht trotzdem net schlecht sei. Also übet a bissle Toleranz und schaffet euch durch dia Texte.

I wünsch euch auf jeden Fall viel Ausdauer und guate Unterhaltung.

Vom Grüßen

Der feine Mensch, der lupft den Hut,
wenn er dich höflich grüßen tut
und sagt noch artig „Guten Tag",
auch wenn er dich nicht leiden mag.

Ein anderer, der drückt geschwind
ein Küsschen auf wie einem Kind
auf deine beiden Wangen.
Von so viel Ehrbezeugung bist
du hilflos, fast befangen.

Und wieder einer gibt die Hand
und sagt: „Grüß Gott" zu dir.
Du drückst zurück mit voller Kraft,
auf dass den Gruß man spür.

Der letzte aber, gar nicht fein,
der sagt dir grobe Worte,
die voller Derbheit sind und rauh
und nicht von edlem Orte.

Er grüßt dich frech: „Leck mich am Arsch -
bischt au no auf dr Welt" -
wohl kommt solch Gruß ein wenig herb,
doch 'schwobaherzlich' helt.

Schluck um Schluck

„Sott mr net a Schorle drinka?"
so schtellt sich erneut die Frage.
Denn a Schorle isch was Guat's,
woran mr net zu zweifla wage.

S'muass au net viel Schprudel nei,
bloß a bissle - schparsam helt,
denn durch zuviel Schprudelwasser
wird dr Weigeschmack entschtellt.

Doch a Schorle drinkt sich leichter
und enthält kaum Alkohol
und mr fühlt sich durch dr Schprudel
mit dr Zeit echt schorlewohl.

Ja, mr drinkt fascht ohne Reue
sechs, acht Schorle - des geht guat.
Mineralgeschtärkte Viertel
reget o und gehn ins Bluat.

Voller Schprudelleichtigkeit
löst sich gern ein Redefluss.
Mitmenschliche Mitteilunga
sind ein absolutes Muss.
Silba werdet glatt verschwiega,
gar verschluckt a ganzes Wort,
denn dr Geischt ischt scho viel weiter -
mr denkt hier und redet dort.

Es ischt überhaupt erschtaunlich,
was das Mineral bewirkt,
das gelöst in etwas Weine
öffnet, was sich sonscht verbirgt.

Es färbt die Wange, wärmt das Bluat,
lässt die Werte höher steiga
und will uns seine Quellakraft
im Schorleglanz der Äugla zeiga.

Drinkt mr weiter, weil mr Durscht,
dieses Mineralgemisch,
wird die Wirkung noch verschtärkt
durch dr Kohlasäurezisch.

Der ergreift die schtarken Beine,
macht se leicht und lässt se schwanka.
Oh, ihr aufgelösten Gase
macht euch frei und lasst euch danka.

Erreicht mr glücklich seine Ziele,
vom schtarken Wasser leicht benomma,
so kann mr, wenn mr Übung hat,
zu folgender Erkenntnis komma:

Verträgsch du mühelos die Mischung
aus leichtem Wei und schwerer Quelle,
so schenke dir nur fleißig ein,
trinke aus und sei zur Schtelle.

Doch plagt dich solcherlei Getränk,
sei schlau und überlege,
was du daran verbessra kannscht,
denn es gibt guate Wege.

Wechsle halt die Schprudelmarke
oder tu weniger hinein,
dann wird Schorle dein Getränk
für alle Lebenslaga sein.

Heut hab i endlich mol Zeit

Heut hab i an freia Tag. I muass net ins Gschäfd und kann amol so richtich macha was i will. Eigentlich könnt i ja ausschlofa - bloß, wenn i am halberachte none aus em Bett hausa bin, no werd i ganz zappelich. Da hält mi's net länger und i muass raus.

Als erschtes geh i aber net ins Bad - awa - als erschtes ziag i alle Rolläda und Schalusia hoch, sonscht denkt womeglich noch oiner, mr däd um dia Zeit no im Nescht liaga. Oschließend ins Bad - no schnell Kaffee drunka und gschwind Zeitung glesa.

So - aber etzt - etzt werd was gschaffd. Als allererschtes ghört s'Auto gwäscha (moint mei Frau). I könnt mit dem Dreckkarra no lang fahra, aber mr wäscht's halt. Und wenn i scho dabei bin, kann mr ja au no d'Mülloimer auswäscha, picobello. S'Werkstättle ghört scho lang aufgräumt und hinterher feg i no d'Garasch naus. Lauter Gschäftla, wo mr bloß duat, wenn mr Zeit hat.

Sodele - etzt langt mr's vor am Mittag no a paar Sacha erlediga. Auf d'Bank sott mr, Trinka ghört gholt und dr ganze gesammelte Abfall muass auf dr Riseiglinghof. Grad, dass mr's no vor zwölfe zum Frisör langt.

Frisch gschtutzt hock i mi an dr Tisch. S'Mittagessa isch grad ferdich - perfektes Taiming. Mei Frau weiß B'scheid, an solche Däg kocht se immer ebbes schnells, damit mr net dia ganz Zeit mit am Essa vobosselt.

Und weiter geht's, ohne Mittagschläfle glei wieder los. Gartatörle abschmirgla und frisch streicha, Rasa mäha.

Dabei fellt mr ei, dass i mir dringend a Pärle Hosa kaufa muass. Also schnell d'Farbflecka von de Finger butzt, a bissle gwäscha und umzoga. Etzt no schnell in d'Schtadt neigrast und an Parkplatz gfunda. Neue Hosa kaufa war no nie mei Sach, aber heut klappt's. Auf Anhieb passt mr dia siebt Hos!

Prima, etzt langt's grad no ins Baumschtückle zum Schpritza. Am dreiviertelneine komme endlich hoim. Verschwitzt, miad, abgschaffd und elend!

Heut habe endlich mol Zeit ghett - aber i hab mr's net omerka lassa!

Schwäbische Steigerunga (1)

Zehntele	Viertele	Schoppa
Butzele	Saubutzele	Spoferkel
Liebe	Hochzich	Hektar
Zohbürschta	Schuahbürschta	Klobürschta

HEIMWERKEN
BEILAGE

Schwäbische Grundbedürfnisse

Es gibt schon gewisse Merkmale, mit denen sich die Menschen hier im Ländle von anderen unterscheiden. Für einen Schwaben zum Beispiel gibt es neben seinem Weinkeller, seinem Gärtle und seinem Multifunktionsmesser noch andere Heiligtümer. Ganz vorne auf dieser Liste steht sein 'Werkstättle', das Basislager des heimhandwerklichen Wirkens. Bestens ausgerüstet mit allen nur erdenklichen Werkzeugen und Gerätschaften ist dieser Baumarktableger jedoch niemals komplett. Deshalb wird der Schwabe auch nicht müde, sich immer neue, dringend benötigte Spezialwerkzeuge und Maschinen anzuschaffen. Man könnte ja schon morgen das eine oder andere brauchen. Die Anschaffung von Werkstattausrüstung ist einer Zukunftsinvestition gleichzusetzen und als solche nie überflüssig. Hauptsache, man hat's!

Um bei dieser Fülle die Übersicht zu behalten und nebenbei auch alles gut präsentieren zu können, werden die ach so hilfreichen Errungenschaften effektvoll drapiert. Reihenweise hängen da Ring-, Gabel-, Steck- und Imbusschlüssel. An selbstgezimmerten Regalen ordnet sich Fliesenlegerhammer an Abisolierzange, Kreuzschlitzschraubendreher paart sich mit Hartmetallsägeblättern, Rohrreinigungspirale mit Hochdruckreinigerschlauchkupplung. Wohldurchdachte Ordnung im eigenen Heimwerkerpalast, übersichtlich und sonderangebotsorientiert.

Logischerweise haben die findigen Heimwerkermärkte diesen instinktiven Sammeltrieb der schwäbischen Permanenthäuslesbauer erkannt. Zur morgendlichen Lektüre gehört neben den Todesanzeigen auch die aktuelle

Werbebeilage der Bau- und Heimwerkermärkte. Voll Interesse liest man die Angebote und überlegt, ob sich zu Hause nicht etwas verändern oder verbessern lassen könnte. Selbst wenn schon alles perfekt ist, hält das den echten Schwaben nicht davon ab, irgendwo im Haus eine neue Baustelle einzurichten. Ganz zum Leidwesen seiner Frau! Für sie entsteht - rein vorstellungsmäßig - durch das ehemännliche Lesen solcher Prospekte ein dichter Schleier von feinem, sich überall verteilendem Heimwerkerstaub. Schon allein diese Wahnvorstellung reicht aus, um die meisten Umbau- und Renovierungsvorhaben ihres Mannes zu verhindern.

Ein kleiner Trost verbleibt Gott sei Dank solchen, in unschöner Weise ausgebremsten Möchtegernhandwerkern. Sie dürfen sich ungestraft in ihr persönliches Refugium, in ihr 'Werkstättle', zurückziehen. Auch dort findet der verhinderte Heimwerker, ohne einen einzigen Handstreich zu tun, allein durch den Anblick seiner Werkzeugausstelllung eine tiefe, innere Befriedigung!

Und scho passt’s...

Mei Hosa schpannt und s’Leible rutscht mr nauf, aber i ess doch au net mehr wie früher.

Mei Näbele isch scho ganz sche weit drinna und s’Hemdkrägele geht nemme zua.

Mei Schuahsenkel send saumäßich diaf drunda und vom Nunderbicka kriag i an rota Meckel.

I sott abnemma, aber i vertrag koi Diät und Schport isch au net mei Sach.

Se saget, mr müasst s’Richtige essa, net weniger. Aber i han scho älles probiert und net s’Richtige gfunda.

Entweder s’schmeckt mr net oder i han glei wieder Hunger. Und überhaupt, in meim Alter brauch i sowieso nemme rumlaufa wie dr Adonis.

I kauf mr a paar neie Kleider, aber a bissle größer wie i se brauch. No schpannt nix meh.

Und scho passt‘s wieder!

OFFEN

Schwäbische Kulturhochburga

Geht dr Schwabe einmal aus
um zu speisa und zu drinka,
tut er dies wohlüberlegt,
denn er will 'Ambiente' finda.

Beim Italiener kriegt er Pizza,
Pasta und Tiramisu,
Lambrusco, Grappa und Gelati
und Ramazzotti singt drzua.

Beim Griech dringt ihm dr Knoblauchduft
betörend in den Magasaft
und dr Sirtakiklang erhebt
wie Orpheus ihn voll Leidenschaft.

Beim Chinees füllt sich das Bäuchlein
mit sechs bis sieben Köstlichkeiten,
die transportiert auf Frühlingsrollen
süß-sauer durch den Gaumen gleiten.

Die Landsmannschaft der Gastronomen
ischt heute international,
da fällt das Finden des Lokals
dem Schwaben schwer und wird zur Qual.

Er wendet sich dann Hilfe suchend
voll Hoffnung an die Tagespresse
und sucht nach kleinen Kleinanzeigen.
Und sieht mit freudigem Intresse
auf jenen Text, der dort verkündet,
den das geschulte Auge findet
„Bei uns, do henkt dr Besa naus" -
do helt's dr Schwabe nemme aus.

Am liabschta läuft er, wenn's net weit,
zu Fuaß in diesen Schwobatempel,
so schont er seinen Führerschei
und ischt koin Autofahrersempel.

Dia Besatür geht schier net auf,
denn drinna hockt's scho voll mit Leit,
dia allesamt am Nachmittag
scho dunderschlechtich s'Leba gfreit.

Obwohl saueng gibt's dennoch Platz,
mr hockt faschd aufanonder druff,
doch des isch Besaherzlichkeit -
kriagsch au an Ellabogabuff.

Im Besa isch dr Schwabe Schwabe,
im Besa isch's und darf er's sei.
Im Besa ruckt mr zuanonder,
denn hier ischt mr net menschaschei.
„Schnell a Kriagle Fasswei - trocka",
do isch dr Schwabe net verschrocka
und was herzhafts für dr Maga,
a 'Schlachtplättle' könnt mr vertraga.
Noch vorher gschwind a Schmalzabrot,
no isch dia Sache glei im Lot.

Griabawurscht und Sauerkraut,
das ischt wahrer Hochgenuss.
Selbstgebacknes Besabrot
wird zum absoluten Muss.
Kesselfleisch und grillter Bauch,
Salzfleisch, Bluatwurscht, Schwartamaga,
all dies ischt im Besa Brauch,
hat mr dies, gibt's keine Klaga.

Und drzua dia Besaschtimmung,
lautstark, dämpfich, qualmdurchdrunga.
Ja, wenn erscht das Umfeld schtimmt,
no werdet Heimatlieder gsunga.

Mr singt etzt wo dia Hasa grasa,
vom Ober- und vom Unterland.
Trifft mr au selber net dia Töne
stimmt mr mit ei in dieses Band,
das singend älle nun verbindet
im Besastuba-Heimatland.

Selbst verirrte Reigeschmeckte
werdet freudig integriert.
Politiker, aus Besabücher
hent ihr sicher net schtudiert!
Hier zeigt sich wahres Miteinander,
hier offenbart sich Harmonie.
Kunst und Wissa wird vereinigt
zur echta Besapoesie.

Vierzich Sitzplätz sind genehmigt,
vierzich bloß -
des isch net viel.
Aber grad durch diese Enge
wächst das 'Lebenswert-Gefühl'.

Und eben weil nur ein paar Tage
darf geöffnet sei im Jahr,
eben nur durch die Beschränkung
bleibt dr Besa was er war.
Er bleibt für älle hier in Schwaben
ein feschtes Ziel - scho faschd Inschtanz.
Drum - älle, die ihr was zu saga, übt euch in Besatoleranz!

Lasst den Schwaben was sie brauchen,
gebt den Menschen dieses Schtück,
denn am Besa henkt - ganz ehrlich
a großes Teil vom Schwobaglück!

Sündenfälle auf Schwäbisch (1)

- Hefezopf ohne Zibeba

- ebbes essa, wo mr net kennt

- eidünschtes Obst nausschmeißa, weil dr Schimmel draufhockt

- Spätzla ohne Soß

- Kehrwoch ohne Dreck

- sich gega Grippe impfa lassa und an Schnupfa kriaga

Sauerkraut

S'gibt eine Speise liabe Leit,
des isch nicht zu verberga,
die in alle Winkel dringt -
net etwa, weil dia Speise schtinkt,
des werdet ihr scho merka.

Sauerkraut - gesund und gut
hilft dem Darme auf die Schprünge,
deshalb sei es nur gerecht,
dass mr zum Lobe darauf singe.

Günstig, deshalb doppelt gut,
ist das leckre Gärgemüse.
Vitaminreich, voll Ballast
hilft es allen auf die Füße.

Immer anderscht variiert
kriagt mr davon nie genug,
einfallsreich wird kombiniert,
was mr vom Weißkrautacker trug.

Buabaschpitzla passed guat,
auch dr Ebirnbrei gefällt
und mit frischer Leberwurscht
strahlt dr Blick und glänzt die Welt.

Kassler - do sagt mr net noi,
dürfet gern ins Kraut hinein,
sogar Schpätzla obadrei -
könnt des Leba schöner sei?

Sauerkraut, du füllsch die Falta -
nahrhaft, schmackhaft, oifach guat.
Regelmäßiger Genuss
stärkt die Kraft und dünnt das Bluat.

Rundkohl, Spitzkohl - edle Häupter
lasst euch nur in Streifa schneida,
euch in Fässer oder Standen
drücken, stampfen, vorbereiten.

Etwas Wasser, etwas Salz
und dr Deckel obadrauf -
Gärprozess tu deine Wirkung,
Veredelung nimm deinen Lauf.

Herrlich, wenn mr schöpfa ko
frisches Kraut vom oigna Fass.
Duftet so dr ganze Keller
hat die Schwabenseele Spaß!

Roh gegessa - wie erfrischend
verhilft das Kraut zu roten Wangen.
Nicht's Gesündres gibt es nicht
als mildgesäuertes Verlangen.

Königlich, so werd die Sache
(wenn mr sich des leischda ko)
legt mr zu seim Sauerkräutle
an Roschdbroda sich nebano.

Sauerkraut - im Schwobaländle
weiß mr wirklich dich zu schätza,
au wenn andre boshaft, doof
von uns als 'blede Krautköpf' schwätza.

Doch mir stehn zu dera Sache.
Sauerkraut - des heißt genießa
und von so paar dumme Schwätzer
lasset mir's uns net verdrießa.

Worauf der wackre Schwabe baut
ischt nicht zuletzt sein Sauerkraut.
Deshalb haltet frei die Flächen,
wo angebaut der schöne Kohl.
Hütet Äcker, Gärtla, Schtückla -
es ischt zu eurem eignen Wohl.

Im Sauerkraut da liegt mein Schwaben,
so deutlich wie ein Spiegelbild
und lieblich ist es anzusehn,
wie man bei uns den Hunger stillt.

So mehrt sich stets die Zahl der Neider,
der krautlos, armen Hungerleider,
wo solch Genuss bleibt vorenthalten,
wo Krautgas darf sich nicht entfalten.

Arme Menschen aller Orten
lasst euch helfen, nicht mit Worten,
lasst euch brav zum Kraut bekehren,
lasst uns diese Wohltat mehren.
Bringt die Gläser, Eimer, Büchsen
und mir stopfed Kraut hinein.
Weltweit kann, durch den Export,
Sauerkraut nun bei euch sein.

Ob in Timbuktu, Nagasaki,
Wladiwostok oder Rom -
Sauerkraut vom Schwobaländle
trifft überall dr richt'ge Ton.

Überall ischt es zu haben,
Menschheit freue dich darum.
Sauerkraut - du ‘Global Player’
hoffentlich nimmsch du’s net krumm.

Wenn du au im Ländle gwachsa,
durchgegärt und abgefüllt,
esset dich heut au scho Sachsa,
Inder, Russa, grad wie wild.

Doch koim schmecksch so als wia uns Schwoba,
bewusst mit innerem Verschtand.
Ja, ganz beschtimmt im Himmel droba
blickt mr voll Glüschda auf das Land.

Sauerkraut, die höchsten Töne
werdet wohl auf dich gesunga.
Sauerkrautgenießerhymne
ja - du hasch dia Welt umschlunga!

Notstand...

Es gibt im Leben eines schwäbischen Ehemannes nur wenige, wirklich große Herausforderungen. Erstens, weil es für einen Schwaben keine ernsten Herausforderungen gibt oder zweitens, weil er ganz einfach solche Problemstellungen nicht als Herausforderungen erkennt. Konflikte zum Beispiel werden einfach, schnell und rational, d.h. durch Nachdenken gelöst. Oder, wenn die Lösung des Problems von vornherein aussichtslos erscheint, durchaus auch mit einem knappen „leck mich am Arsch". Auf jeden Fall wird jeder Herausforderung begegnet, so oder so, ohne viel Aufhebens.

Leider gibt es doch ganz wenige Ausnahmen von dieser Regel, denen sich aber dann der Schwabenmann mit ganzer geballter Mannesstärke stellt. Eine dieser Herausforderungen, ja dieser Prüfungen, ist dann, wenn eine schwäbische Hausfrau kurzfristig und ohne vorherige Ankündigung erkrankt. Wenn sie darniederliegend und schwach das Bett hüten muss. Aber auch in solcher Extremsituation bleibt der Schwabe gekonnt rational und erfasst seine neue, bis dato ungewohnte Position als selbstverständlich und naturgegeben. Es erwachsen darüber hinaus (wenigstens bei ihm selbst) keinerlei Probleme.
Ganz anders, da nicht nur geschlechtlich grundverschieden erahnt die Schwäbin fast orakelhaft das drohende Fiasko. Ja, sie erkennt bereits jetzt schon lebhaft vor ihrem geistigen Auge ein Schreckensszenario.

Schon in der ersten Stunde ihres Krankseins sieht sie die drohende Gefahr für ihren Haushalt unweigerlich und unabwendbar nahen - in Gestalt ihres Mannes.

Doch sie muss sich in diesen, für sie doppelt schweren Stunden ihrem Schicksal ergeben und die Übernahme der Haushaltsgeschäfte durch ihren Mann ertragen.

Nun ist es in den meisten schwäbischen Ehen so, dass die Frau eben - und vor allem - den Haushalt versorgt mit allem, was dazugehört. Und diese, leider oft sehr einseitige Betrachtungsweise reduziert geradezu alle Sinne auf möglicherweise nebensächliche Details. Ganz im Gegensatz zu seiner Frau empfindet der Schwabe die Wohnung nicht staubig, verschmutzt oder gar dreckig, weil er einfach und ungelogen den Staub, den Schmutz oder den Dreck nicht sieht. Er sieht in einfach nicht. Nicht deshalb, weil er sehbehindert wäre oder gar blind - nein, weil er ihn nicht sieht (oder, falls er den Schmutz doch sehen sollte, diesen nicht als Bedrohung empfindet). Muss er dann doch, unter lautem Murren, nach eindringlichem Bitten, übelsten gegenseitigen Verwünschungen und mehreren angedrohten Scheidungen mit Eimer und Lappen über die Böden, kann es durchaus vorkommen, dass die Auseinandersetzung noch an Lautstärke zunimmt, denn die Art und Weise wie ihr Mann mit den Putzutensilien hantiert, löst bei ihr beinahe Gehirnkrämpfe aus. Ihr ist es nämlich durchaus nicht egal, dass ein nasser Lappen nicht nach jeder Treppenstufe ausgewaschen und gewunden wird, auch wenn dies der Gatte erst nach Beendigung der aufgezwungenen Arbeit für nötig hält. Am liebsten würde sie diese wichtige Aufgabe selbst erledigen, doch sie kann nicht, da sie krank liegt und nieder. Gequält wird also die Treppe, der Flur und die Küche ein zweites Mal gewischt und die Stellen, in die die kranke Ehefrau durch ihre geöffnete Schlafzimmertüre Einblick hat, durchaus intensiver.

Nach solcher, für Ungeübte doch anstrengenden Arbeit sollte man dem Manne gerne etwas Ruhe und Entspannung gönnen. Aber weit gefehlt. Ist auch die Schwabenfrau gesundheitlich verhindert, ihr Hausfrauenhirn arbeitet dafür umso reger und heckt für ihren Ehesklaven immer neue Gemeinheiten aus. Sämtliche Arbeiten, die garantiert schon wochenlang nicht mehr ausgeführt wurden, müssen jetzt und sofort erledigt werden und es fällt der kranken Frau überhaupt nicht schwer, sich immer Neues auszudenken: Hof kehren, Teppich klopfen, Möbel feucht abwischen, Staub saugen. Natürlich auch Bad und Toiletten putzen.

Ist endlich die erste Serie der niederen Putzarbeiten beendet, hat sich die kränkelnde Hausfrau in der Zwischenzeit eine ganze Litanei von dringenden Reparaturarbeiten ausgedacht, die alle äußerster Dringlichkeit bedürfen. Es müssen Türen geölt, Schrauben nachgezogen, Schubladen geleimt und tausend weitere Dinge gerichtet werden, die allesamt innerhalb der letzten Stunden urplötzlich defekt, gebrauchsunfähig oder altersschwach geworden sind.

Glücklicherweise gehört zu jedem Tag auch die Nacht und damit die wohlverdiente Nachtruhe. Leider denkt so nur ein von Arbeit überwältigt und vom Schlaf fast übermannter Hausmann. Denn kaum will er sich dem aus seiner Sicht hart erarbeiteten und unverzichtbaren Schlaf widmen, gönnt sie ihm diese Ruhe nicht. Tee kochen, Essensreste vom Vortag aufwärmen, kalte Umschläge machen, Wärmflaschen füllen und auflegen, Wohnung lüften, Bett aufschütteln, Mülleimer raus-stellen. Die Aufzählung wäre noch lange fortzuführen, aber gottlob, irgendwann spät in der Nacht, schläft die kranke Frau doch ein und ihr noch gesunder aber schon

NICHT !!!
VERGESSEN

etwas angeschlagener Mann darf glücklich dasselbe tun. Schlafen - selig, erquickend schlafen.

Doch plötzlich, mitten in der Nacht, wie von bösen Geistern geschüttelt, schreckt die Frau aus ihren Träumen. Sie weckt brutal und mitleidslos ihren sanft schlummernden Mann, zwingt ihn trotz Schlafanzug und Müdigkeit in den Keller. Er muss, ob er will oder nicht, die Zutaten für das morgige Mittagessen aus der Gefriertruhe holen. Schon beinahe ohne Widerrede und fast in Trance schleicht der Gepeinigte frierenden Fußes ins kühle Gewölbe. Verbissen und fröstelnd kramt er nach dem lautstark Gewünschten. Kommentarlos stellt er das Gefundene mit klammen Fingern in die Küche. Ohne ein Wort schleppt er sich zurück ins erkaltete Bett, schläft ein und träumt den schweren Traum des ungerecht Behandelten.

So schön und friedlich der neue Morgen erwacht, er steht bereits unter bösen Vorahnungen. Was wird die Frau wohl heute wünschen, was hat Dringlichkeitsstufe eins, was duldet keinen Aufschub? Nun, die Rollen werden schnell verteilt. Man begibt sich in Angriffs- bzw. Verteidigungsposition. Sofort nach dem ersten Reinigungs- und Abwaschdurchgang werden die Menüwünsche mitgeteilt, verbunden mit genauesten Anweisungen über Arbeitsablauf und Art der Zubereitung. Selbstverständlich ist der Schwabe durch das häufige Ausrichten von Grillfesten in der Kunst des Kochens, insbesondere der Fleischzubereitung bestens geschult. Deshalb, weil besser wissend, hört er sich die Befehle aus dem Lazarett kommentarlos an, begibt sich in die Küche, wirkt, schafft, kocht und kreiert wie es sich für einen wahren Küchenmeister gehört. In Abweichung vorgegebener Richtlinien komponiert der Chef sein

Menü in Form, Farbe, Konsistenz und Geschmack zwar etwas von den weiblichen Vorstellungen abweichend, aber für sein Empfinden überaus gelungen, ja perfekt. Voller Stolz kredenzt er dieses Meisterwerk erwartungsvoll seiner Gattin, die bereits durch den Anblick der Kreation wesentlich gesünder wirkt. Nachdem letztendlich das Kochkunstwerk unter Zuhilfenahme der Biotonne rückstandsfrei entsorgt wird, erteilt man dem etwas geknickten 'Chef de cuisine' gemeine, sportlich gesehen sogar unfaire Strafarbeiten.
Er muss nun die Waschmaschine mit handverlesener Buntwäsche befüllen und den Waschvorgang in Kraft setzen. Oh wie gerne stünde die Frau auch hier hilfreich zur Seite, möchte die Arbeit wiederum am allerliebsten alleine tun, doch so - da immer noch krank - erklärt sie ihrem Dienstboten genauesten, wie solches zu geschehen hat. Der Hausangestellte lernt auf diese Weise eine Menge über Wäsche, deren Temperaturansprüche, Waschmittelaufwandmengen sowie über weibliche Logik. Nachdem man zuletzt die Wasserzufuhr geöffnet hat, läuft der Waschvorgang problemlos ab. Zwar rüttelt und schlägt die Maschine, da nicht ordnungsgemäß befüllt, mit ihrem Lager und entlässt eimerweise schillernden Schaum. Dies tut die Maschine möglicherweise aufgrund der Verwendung eines für den Temperaturbereich der Buntwäsche ungeeigneten Waschmittels oder aber wegen der doch leicht höheren Temperatur des laufenden Kochwäscheprogramms. Doch letztendlich wird all dieses auf das Waschergebnis keinen Einfluss haben.
Das Geräusch des Gerätes, die Sicherheit der funktionierenden Technik sowie das Bewusstsein der absoluten Überlegenheit gibt dem Hausmann das Gefühl, eine Großtat vollbracht zu haben - über jede Kritik erhaben.

Da die Wäsche nun läuft, aber vom Ehemann keinerlei Aktivität zu vernehmen ist, wird diesem sofort ein neuer Auftrag erteilt. Weil sie ihren Mann noch im Hausarbeitsraum vermutet, darf er diesen nicht verlassen, sondern muss sich hinter einen gehäuften Berg von Bügelwäsche machen. Nach bereits gewohntem Muster wird der Arbeitsablauf lautstark und eindringlich erklärt. Doch Bügeln mittels Bügeleisen und Bügelbrett kann ja nun wirklich keine Kunst sein. Im Gegenteil, bereits nach drei, vier durchgebügelten Wäschestücken wird der Vorgang fachmännisch rationalisiert. Man kann ohne weiteres bis zu vier Kleidungsstücke übereinanderlegen und auf einmal bügeln, ohne dass das Bügelergebnis sichtbar leidet. Zwar ergeben sich völlig neue Formen von Hemdkragen und Knopfleisten, aber durchaus nicht unmodern und absolut tragbar. So wird problemlos und in Rekordzeit ein gewaltiger Turm von Bügelwäsche niedergeplättet.

Aufgrund der auffälligen Zeitersparnis reift im denkenden Schwaben der Gedanke, wie wohl seine Frau den lieben langen Tag ihre reichlich verbleibende Freizeit verbringt. Denn, durch überlegtes Arbeiten, durchdachtes Zusammenlegen von verschiedenen Arbeitsschritten und sachgerechter Anwendung der häuslichen Technik, ließe sich der weitaus größte Teil des Tages für Sinnvolles nutzen.

Mental unheimlich gestärkt soll der Hausarbeiter als abschließenden Arbeitsschritt die fertige Wäsche nun in die Schlafzimmerschränke einräumen. Völlig unerwartet erfährt die Gattin beim Anblick des Bügelendprodukts einen gewaltigen Genesungsschub. Sie springt aus dem Bett, reißt ihrem Mann die Wäsche aus der Hand und überlegt ganz kurz, ob sie nun einer Explosion oder einem Nervenzusammenbruch nähersteht. Doch sie bleibt erstaunlich ruhig, trägt die ihrer Meinung nach misshandelte Wäsche zurück, zieht sich an, richtet ihr Bett und verabschiedet sich von ihrem Krankenstand.

Als Schlussfolgerung dieser nicht übertriebenen und bestimmt wahren Geschichte ließe sich für die Zukunft folgendes ableiten: Der hilfreiche Beistand des liebenden Gatten bewirkt im Falle der Erkrankung seiner Frau einen unheimlichen, fast wundersamen Genesungsprozess. Deshalb wäre es allein schon im Sinne der Gesundheitsvorsorge zu wünschen, dass treusorgende Ehemänner in solchen Fällen selbstlos handeln und ihren Frauen liebevoll und aufopfernd zur Seite stehen.

Schwäbische Steigerunga (1 1/2)

Nudelteig	Fülle	Maultäschla
Sonnahang	Umlegung	Wengert
Tilsiter	Romadur	Käsfüaß
Zucker	Breschtling	Erdbeergsälz
Schparsäule	Taschageldkonto	Bauschparvertrag

Vorschtellungskraft

„Wieso bschtellsch denn du zu deim Viertele no a Wasser extra? Du kannsch dir doch glei a Schorle bringa lassa!"

„Weisch, des isch so: I drink helt mein Wei gern pur, uverwässert. Aber bloß Wei drinka des isch helt au nix. Scho alloi weggam Führerschei und so."

„Ja scho, aber du hasch doch jetzt dia ganze Zeit no net oin Schluck von deim Wasser drunka und grad hasch's dritte Viertele bschtellt!"

„Da hasch aber guat aufpasst! Des schtimmt scho, i drink mein Wei, aber i guck au immer wieder mei Wasser o. Des isch no für mi so, als däd i Schorle drinka."

„Ha, was soll denn des für a Schorle sei? Dr Wei saufa und's Wasser schtanda lassa."

„Mei neieschte Erfindung - a Mental-Schorle!"

AQUA

Vielleicht doch...

Menschenskinder - etz isch dr Jäckpott scho wieder bei über fuffzeh Milliona. Heidanei, des wär doch was, wenn mr do oi oinzichs mol a dabei wär.

Also des Lottoschpiela hat scho an Reiz für sich. Bloß sex richtige Zahla braucht mr und wenn mr no meh Glück hat au no d'Superzahl. Des isch jedesmol an wahnsinnicha Nervakitzel samschdichs vor em Fernseher. Wenn da so nach und nach dia Kigala raushurglet - grad zappelich werd mr.

I hab mr scho die verschiedenschte Syschteme ausdenkt wie mr em Zufall a bissle uff'd Fiaß helfa könnt. I weiß net recht, aber ois weiß i gwiss, dass nämlich mein Nachbar, der Saudinger, vor vierzeh Däg im Lotto gwonna hat. Hundertprozentich! I hör's no wia heit, wia die debt hent direkt nach de Lottozahla und wia d'Schampanjerkorka zum Fenschter naus sind. Genau - und seit letscht Woch fahra die plötzlich Mercedes und er trägt wertags a Krawatta. Und sie, des Lumbamensch, wo sonscht die allergröscht Schlambere war, die siehsch du bloß noch em Koschtüm rumlaufa mit gschtrecktem Hals. Mr hört's ja oft, dass Geld dr Charakter verändra däd, also bei de meischte wenichschtens.

Bei mir, i moin, wenn i amol gwinna däd, do wär des scho a bissle anderscht. Mit so em Gwinn, mit so em richtiga Millionagwinn, do däd mei Herz uffgeh. I däd gugga, mit wem i mein Reichtum teila kennt. Zum Beischpiel mit meinere Dande, weil die scho mindeschtens zwanzich Johr die gleich Brilla hat. Oder mit meim Binoggelschpezi, weil dem sei Sommerreifa fatzaglatt send. I moin, mir däd do scho was eifalla.

Selber däd i mr natürlich au was gönna. Zerscht amol a paar neie Sitzbezüg für mein Passat und no däd i mit meiner Frau nach Hamburg fahra. Do schwätza mir scho johrelang davo. Und vielleicht könnt mr sogar s'Häusle ogrüschta lassa, damit i's frisch schtreicha könnt. A klois goldichs Kettele für mei Frau däds wahrscheinlich au no langa.

Dunderschlecht aber au, kennt i den Gwinn guat braucha. Mr kennt sich ebbes leischta, wär finanziell unabhängig und däd sich vielleicht vom Schef nemme ällas uffhenka lassa und wenicher Überschtunda macha. Sackzement! Mi pfupfert's scho saumäßich!

Vielleicht sotte doch mitschpiela!

Tapetawechsel

Wenn du noch koin Ehekrach g'habt hasch, au nach zwanzich Jahr no net, no läuft irgendebbes garantiert net richtich. Zu oinera richticha Ehe g'hört nämlich au an Krach. Weil so an Krach, der hat au was guat's. Er klärt auf jeden Fall dia Positiona und er reinigt dia Luft. Mr weiß, wia mr dro isch und ko hinterher wieder viel freier atma.

Aber es soll so Muschterpärla geba, dia wo no nie an Krach und no net amol an Schtreit g'habt hent. Des isch aber net normal, weil dann nämlich aller Ärger, aller Unmut und Fruscht immer bloß nundergschluggt wird.

Es gibt aber ebbes, des selbscht dia hartgesottenschde Pazifischda aus ihre wattegepolschterte Ecka holt. Wenn zwei so innig Liebende, zwei so absolut Sanftmütige - also zwei so emotionslose Trialer amol versuacha, oi Zimmer mitanonder zu tapeziera, no ko sich dia Harmonie blitzschnell ins grade Gegateil umschlaga.

Dia Schwoba send net geizich, höchschtens a bissle phäb und sie lebet net vom Schpara, sondern vom net ausgeba. Doch nach guat zwanzich Jahr sott mr halt sei Wohnung wieder a bissle auf Vordermann bringa und vielleicht ebbes Frisch's an d'Wand nobebba.

Bereits dia Entscheidung, dass mr neu tapeziert, aber vor allem dia Auswahl des Benötichten schtellt dia Geduld auf eine schwere Probe. S'gibt ja heut so viele Müschterle und Qualitäda, dass es natürlich scho schwer isch, dia richtige Wahl zu treffa. Letschtendlich hilft dr Preis, b'sonders wenn's an supergünschtiga Reschtposchda isch. Mr hat natürlich vorher genaueschtens ausgrechelt, wie viel Tapetarolla mr braucht. Net dass nachher z'viel übrich isch. Au der garantiert nichtklumpende Kleischter wird genauso knapp eikauft und no kann's losgeha.

In dr Wohnstuba hat mr alle Möbel in d'Mitte gschoba und so guat's geht mit Foliabreggala abdeckt. Während dr Mo sich vom Nachbr dr Tapeziertisch ausleiht, rührt sei Frau solang dr erschde Oimer mit Kleischter o. Nach drei Minuta eirühra hat des Bäbbzeugs aber immer no lauter Bolla, obwohl mr alles vorschriftsmäßig gmacht hat. Dia alte Tapeta sind scho letzschd Woch relativ mühelos abganga und dia Schtella, wo dr Putz mit weg-breggelt isch, wurdat anschließend rauputzmäßich verschpachtelt. Auf geht's - etzt wird tapeziert.

Möglichscht passgenau wird dia erschte Bahn zuagschnitta und eikleischtert. Dia Kleischterbeballa drückt mr mit de Finger flach und jetzt heißt's: „An d'Wand - no damit." Als Schwob hat mr von Geburt o automatisch a hervorragendes Augamaß. Bloß dia Handwerker, dia Bauschnarcher, die hent früher dia Fenschterleibunga und Türrahma net sauber ins Wasser gsetzt. Deshalb muass mr sich heut mit der Schlamperei rumärgera. Mr weiß natürlich, dass so frisch nobebbte Tapeta a paar Bläsla kriaga kenna. Aber do drvo, dass bloß Blosa an dr Wand bebba isch nirgends ebbas gschtanda.

Je weiter mr tapeziert, vor allem an de schwierige Schtella wia Fenschter und Türrahma, je agressiver wird dr Tonfall. Je meh Kleischter in de Hoor bebbt, je meh Bahna wieder nunderhengat, je öfters mr auf dr Schleifez vom umgschmissana Oimer ausrutscht, umso problematischer wird des weitere Miteinander. Wenn dann zum Schluss au no d'Tapeta ausgeht, weil mr zu genau

ausgmessa hat oder weil a paar Bahna beim Nohenka vorrissa send, hat mr bereits s'ganze Regischter von Kraftausdrück und Beleidigunga zoga.

Dr freundliche Kundaberater vom Heimwerkermarkt ko leider au nix macha, aber von dem günschticha Rescht-poschda isch ebba net oi Rolla meh do. Aber er gibt oim gern zwei Rolla von oiner ähnlicha Tapeta mit, dia zwar genauso viel koschda wie die elf vom Reschdposchda, die aber im Große und Ganza kaum von dr billiga Tapeta zu unterscheida sind. Beschtens geschult schwätzt er oim au glei no a Päckle Kleischter und a Flascha Kleischterentferner uff.

Nachdem dann endlich fertich tapeziert isch, muass mr halt sei Möbel a bissle umschtella. Erschtens, damit mr dia Übergäng von de zweierlei Tapeta net so sieht und zweitens, dass dia heimwerkerliche Patzer net gar so ins Aug stechat. So kriaget au glei dia Bilder und all dia hobbykünschtlermäßich baschtelte Sächla neue, teilweise ungewöhnliche Plätz.

Dass dia Eheleut nach getaner Arbeit drei Wocha nix meh mitanonder schwätza isch zu versteha. Wichtich isch, dass so frisch tapezierte Wänd ein völlig neues Wohngefühl schaffa.

Tapetawechsel - des lerna mir scho als Kind, sei ebbes Schönes und Wünschenswertes. Doch derjeniche, der so bled rausschwätzt, hat mit Sicherheit no nia selber tapeziert.

...mach mit!

Im Leba gibt's au dia Momente,
wo mr am liabschta blerra kennte.
Wo mr von allem nix kapiert,
wo mr nix weiß, obwohl schtudiert.
Wo oin dia Kräfte grad verlassa,
des Geischtes Glanz scheint zu verblassa.

Wo mr grad moint dr Rinderwahn
hätt's deinem Hirne angetan,
weil es so dämmrig liegt und trübe -
- verzögert die Gedankaschübe.

Ischt es vielleicht dr Alkohol,
der dei Gehirn verwässert
und wird durch Fruchtsaft diese Not
vielleicht ganz schnell gebessert?
Vielleicht sind fette Speisa schuld,
dia deine Adern stopfa
und so durchblutungsbahngestört
setzet an Durchblicks-Pfropfa.

Hat Trägheit dir des angetan,
wenn mr im Kopf verblödet,
wenn mr sich in sei Schneckahaus
zurückzieht und verödet?

Hinaus mit dir in d'frische Luft,
hinaus und unter d'Leit.
Nimm dr was vor, fang ebbes a -
net morga, sondern heit.

Das Neue hält dich geischtich fit,
es schtellt dir neue Weicha.
Gib Gas und lass den alta Trott
mit einem Knall entweicha.

Im Wasser nur lernt mr des Schwimma
und nur wer mitschwimmt kann gewinna -
so macht des Leba Sinn!
Du bisch dabei und du machsch mit,
du lebsch und sagsch: „Ich bin."

Schwob sei heißt... (1)

... Salatsetzling kaufa, au wenn dr fertiche Kopf im Supermarkt billiger isch

... in d'Küche schteh und Schpätzla macha, obwohl mr schier koi Zeit hat

... groß voreisa und scho nach oim Dag Hoimweh kriaga

... schtändig am Häusle werkla, au wenn älles g'richtet isch

... net älles kriaga und trotzdem z'frieda sei

Geschtörde Idylle

- a klois Gärtle...
- a klois Äpfelbäumle...
- a klois Äpfelbaumzweigle...
- a klois rot's Äpfele...
- a klois Buale...
- a klois Buabahändle...
- a klois Buabahändle, wo an dem kloina Äpfelbaumzweigle nach dem kloine Äpfele langt
- a klois Buabagöschle...
- a kloiner Biss in des kloine rote Äpfele...

Bis hierher kann man die Idylle nachverfolgen. Man sieht sich selbst im kleinen Garten, erblickt den fruchttragenden Baum und fühlt den Drang der Hand, die ungehindert nach dem roten Apfel greifen will. Voll Erwartung füllt sich der Mund mit Speichel, fast kann man das herrliche Aroma dieser Sonnenfrucht schmecken. Beinahe will uns die fruchtige Süße und die erfrischende Säure des eben gepflückten Obstes betören. Apfelbäumchen, welch köstliche Kindheitserinnerungen weckst du in mir.

Doch da holt uns die Wirklichkeit ein und führt uns auf grausame Weise den wahren Fortgang der Geschichte vor Augen:

A Wurm!

dr Puppaschock

Älle wo selber Kinder hent - mit älle moin i bsonders dia Vädder und mit Kinder ganz speziell dia Mädla - also alle Mädlesvädder, dia kennet mir in de folgende Zeila ganz bestimmt zuaschtimma. De Mädla ihr Schpielvohalta unterscheidet sich extrem von dem von de Buaba! Deshalb gibt's in dene Mädla ihre Kinderzimmer au ganz bsonders Schpielzeigs. Ois, des älle andere Schpielsacha um Nasalänga schlägt. Wo älles andere pädagogisch hundertmol Wertvollere in de Ecka liaga bleibt. Ja richtich, i moin so oi an Unterernährung leidendes Plaschtichpüppla, an dem mr als Mädlesvadder oifach net vorbeikommt und manchsmol schier vorzweifla kennt. So a Barbieglumb, so ein anatomisch entstelltes Induschtriedoggele.

Bereits scho dr Oblick von so oim Kunststoffdergel lässt dia kloine Mädla ausraschta. D'Äugla werdet groß, s'Mündle geht nemme zua und dia übrige Welt scheint ihren Einfluss gänzlich zu verliera. A Barbiele! Als ob mr mit so ma Kleiderständer überhaupt schpiela kennt! Ozieha, auszieha, Frisürla macha, ozieha, auszieha. Grad vorecka kennt mr. Vor allem dann, wenn mr selber mitschpiela muass. Denn als Mitschpieler derf mr net mehr do, als wia brav nebanohocka und höchschtens des macha, was dia schwindsüchtich Plaschtichtwiggy ogibt. Weil solche Schpiele au meischtens Rollaschpiele sind, kommet mir immer ganz ernschthafte Zweifel an dr Vorbildfunktion von mir selber als Elternteil. So wia dia Püppla mitanonder umgehet und sich vohaltet, so lerna des dia Mädla von ihre Eltern net. Do bin i mir sicher, so gscheltzt geht's dahoim net zua. Und do drzua dia Aussproch. Mei Fra und i mir hent dahoim und auswärts no nia anderscht do als wia gschwätzt und etzt muass mr mitohöra, wia dia oigene Kinder s'Schwätza volernt hent und hochdeutsch babblet.

Mr hat ja scho oft glesa, dass in Plaschtichkinderschpielzeig Weichmacher drin seiet, aber dass diese Schtoffe so an direkta Eifluss auf's Denkvermöga habet, het i net denkt. Kaum dass so a Mädle ihr Barbiele olangt, öffnet sich im Kinderhirn eine saubutzelesrosafarbene Kunschtwelt. Boshafterweise wird dia Tatsache von dene Schpielzeigherschteller schamlos ausgnützt. Tausend teure Sacha gibt's, dia so a Kindle ubedingt braucht um überhaupt mit so ma Plaschtichvoreckerling schtandesgemäß schpiela zu kenna. Barbiehäusle, Barbiefahrrädle, Barbiepferdle, Barbiewohnmobil, Barbieschaukel, Barbiebädle, Barbie-Schampoo, Barbieglitzerhoorschpray, Barbie, Barbie Barbie... mir wird schlecht.

Der ganze Barbiegruschd läuft dermaßa ins Geld - oh was kent mr do net Legola drfür kaufa! No kennt i wenichschtens was Gscheits baua! Aber so muass mr nebano hocka und dr blede Ken schpiela. Dr Ken, dieser gehirnamputierte Erfüllungsgehilfe, dieser magersüchtige Plaschtichdackel, dieser potenzgeschtörte Aschtralseggel. Vorecka kennt mr, aber als Mädlesvadder muass mr durchhalta. Durchhalta - aushalta - schtillhalta.

Doch das Ende dieser Leidenszeit rückt erbarmungslos näher. Irgendwann, ruckartich und mittadrin im schönschta Barbieschpiela platzt uff oimol a Schualfreindin rei und sagt: „Was!? Schpielsch du immer no mit dr Barbie?" No hat's schlagartich a End. No in dr gleicha Schtund werdet dia bis dahin so uverzichtbare Kindheitsbegleiter in mehrere große (von uns Eltern vorausschauend aufgehobene) Windelkarto neigschtopft und vor d'Kinderzimmmertür gschtellt. Als hedat dia arme Püppla uff oimol a oschteckende Krankheit. Auffällich isch bloß, dass net oi Träna der Trennung kullert, wobei die Mädlesäugla doch so an harta, leidenda Ausdruck hent.

In dieser Phase des kindlichen Werdeganges möcht i jedem Vadder an guata Rat geba: Solche abrupte Weichaschtellunga send psychisch gseha nia guat und viele Mädla nehmat nach der krassa Barbie-Entwöhnung, nach diesem Puppaschock ja au gleich übergangslos a Zigarettle in d'Finger und wellat erwachsa sei. Deshalb wär's am Beschta, wenn mr als Vorbild und Vadder in dieser heiklen Situation oifach saga däd, wi gern mr bisher mit am Ken gschpielt hat und dass oim ohne den Kerle richtich was fehla däd. No braucht so a arms Mädle nämlich koi schlechts Gewissa kriaga und ko dia Barbie-Sächla wieder aus dr Versenkung hola. Wenichschtens am Vadder zliab.

Werdegänge

(aus der Sicht eines ehemaligen Schülers)

Wer kann sich noch daran erinnern,
ist's auch schon viele Jahre her,
an Angst vor großen Klassenzimmern,
an eine Zeit, die manchmal schwer.
An Lehrer, die mit Smily-Stempel
versüßten uns den Bildungstempel,
als man noch jeden Tag verbrachte
mit pauken, büffeln, stillehalten
und mit dem leeren Köpfchen rauchte,
wo man sich wollte frei entfalten.

Die Schulzeit ist zwar längst vorbei,
doch ein paar Zeilen nebenbei
schaden nicht und hellen auf,
was man so alles nahm in Kauf.

Viele schöne Lebensjahre
hieß es - Lernen ist das Wahre.
Bildung ist das Ziel der Dinge,
Wissen ist, was Macht uns bringe
und mit ganz speziellen Trichtern
versuchte man uns einzuschüchtern.
Dicke Bücher und Atlanten
sollten unsere Köpfe füllen.
Was greise Forscher einst erfanden
sollte uns in Weisheit hüllen.

Sätze, Formeln, feste Regeln
machten aus den Schülerflegeln
in den Grundschulbildungsjahren
Kids, die frech, doch stresserfahren.

Ja, die Schulzeit endet nicht
nach Vollzug der Klasse vier.
Nein, nach dieser harten Zeit
öffnet sich so manche Tür.
Geht man weiter - bleibt man dort,
die Entscheidung für den Ort,
wo man sich nun weiter quäle
und die trübenTage zähle
fällt nicht leicht, denn jeder weiß
es nun besser, welches Gleis
für das Kind das Richt'ge wäre.
Dass man diese Fragen kläre
rauchen dann die klugen Köpfe
zum Wohl der kleinen Kinderschöpfe.

Die Entscheidung wird getroffen.
Der kleine Schüler darf nun hoffen,
dass sein junges, zartes Leben
nicht untergeht im Elternstreben.
Ob die Wahl der Bildungsstätte
richtig, zeigt sich nun, denn hätte
unser Schulkind keine Lust,
weil das Lernen voller Frust,
würd´ solch Lehranstalt versagen
und es kämen böse Klagen
über schlechte Pädagogen,
denen man nicht mehr gewogen.

Doch die Hoffnung, die trägt weiter
auf der Schulkarriereleiter.
Am langen Zügel locker führend,
da die Jugend pubertierend
gilt's den Überblick zu wahren
in den schlimmen Sturmdrangjahren.
Mit Schülerdauerpsychokriegen

will man die Lehrerschaft besiegen.
Doch pädagogisch ausgebildet
ist die gerüstet und beschildet.
Die Schülerpfeile prallen ab
und manch Geschoss prallt gar zurück.
Wie viel Treffer man gelandet
erkennt man schnell auf einen Blick.
Im Klassenbuch, da stehn die Taten,
die viel zu frech und grob geraten.

Durch Druck und Drohung und Verständnis
reift doch im Schüler die Erkenntnis -
man lernt als Schulkind nur für's Leben!
Von nun an will man alles geben,
greift hoffnungsvoll nach jedem Zipfel
und erklimmt den Bildungsgipfel.

Erstaunlich wird die Lernbegierde,
weil man ja gern was werden würde
und leider nur die Noten zählen,
deshalb heißt es quälen - quälen.
Auf, auf hinein ins kleine Hirn,
Bildungsdrang man soll dich spür'n,
füll die grauen Zellen auf,
Lehrplan nehme deinen Lauf.

Endlich ist es dann soweit.
Langersehnte Prüfungszeit
komm und teste Herz und Nieren.
Nur gewinnen - nicht verlieren
kann man jetzt und man gibt alles,
denn im Falle eines Falles
hilft der so erzielte Wert
weiter und macht dich begehrt.
Frei gelöst und voller Stolz

zeigt man gern aus welchem Holz
man sein Wissen hat geschnitzt,
das nun hinter der Stirne sitzt.

Das Leben - endlich fängt es an.
Die blöde Schulzeit ist vorbei,
endlich ist was and're s dran,
endlich, endlich ist man frei.
Die Euphorie hält ein paar Wochen.
Plötzlich hallt ein schriller Ruf:
Schluss ist mit Faulenzia,
denn es wartet der Beruf.

Es beginnt das alte Spiel:
Lernen, üben, artig sein.
Man stellt das Leben selbst in Frage,
alles ist ja so gemein.

Aus uns'ren Kindern werden Leute,
sie werden groß, wir werden alt.
So war das früher, so auch heute,
nur dichter wird der Bildungswald.
Lasst uns stolz sein, wenn die Kinder
vor lauter Wald die Bäume sehn.
Freut euch, wenn sie selber denken,
ist's auch manchmal unbequem.

Werden aus den Kindern Leute,
ist das große Ziel erreicht.
Jeder gab dazu sein Bestes,
manchmal hatte man's nicht leicht.
Wenn sie nun eig'ne Wege finden
können wir zufrieden sein.
Kind - zu lernen das ist wichtig,
die Welt ist groß und sie wird dein.

Grad wia früher...

An Himmelfahrt im Schwobaland
des will i euch grad saga,
nemmt mr dia Kinder an dia Hand
und au dr Leiterwaga.

Gut bepackt mit Wurscht und Bier,
nen Haselzweig zur grünen Zier,
marschiert dia Sippschaft los.
Nach letschtem Blick ans Himmelszelt
bewegt sich unser Tross.

Älles hat mr eigepackt:
Schprudel, Keks und Schirm.
Wohin wird uns bloß heut dr Weg
mit unserm Fahrzeug führn?

Mr kommt net weit, scho glei um's Eck
heißt's: „Baba, mir hent Durscht"
und scho 10 Meter weiter schreit's:
„Wann grillct mr dia Wurscht?"

Doch dia Väter ziehn dr Waga
auf dem älles aufgelada.
Dr Mann beschtimmt an diesem Tag
wann und wo mr halta mag.

Erscht wenn dia Nasalöcher raucha,
wenn schwach und lahm des Wandrers Luscht,
zieht mr zur Picknickraschtplatzstelle -
durch's Grilla schwindet schnell dr Fruscht!

Dr Grillplatz eignet sich vorzüglich
zum Veschpern, Drinka und zum Raschta.

Doch ach, dia Sache mit dem Feuer
lässt fascht dia Grillwurscht-Väter faschda.

Es qualmt und raucht das feuchte Holz.
Nix Trocknes will sich finda.
Es schwindet schnell der Väter Schtolz,
des Feuer will net zünda.

Mit Klopapier und Tempotuch
gelingt es schließlich doch.
Die Flämmla zünglet wunderschö,
des Feuerle geht hoch.
Erreicht die Haare, oh wia dumm,
der väterlichen Schöpfe,
die fein gekräuselt, grau getönt
verzieret nun dia Köpfe.

Als Vater muass mr Vorbild sei.
Dr Schmerz bringt oin net um
und so a Afrokurzfrisur
im Sommer ischt net dumm.

Etzt aber los, dia Würscht auf d'Schtecka.
Vor Durscht kennt mr scho schier vorecka,
„auf, schenk a Bierle ei."
Mr glotzt und glotzt ins Wägele,
s'muass doch zu finda sei.

Mr hat, o leck me grad am Buckel,
vor lauter Leiterwaga,
des Bier am Küchadisch vogessa
und net zum Karra traga.

Es finden sich nebst Gänsewei
naturgetrübte Säfte,

doch net oi Bierle isch dabei,
das schtärkt der Väter Kräfte.

Vor Hetza, Schpringa, nore macha
hat's Wichtichscht mr vogessa.
Der vatertäglich Schicksalsschlag
hat jesasmäßich gsessa.

Dia Kinder und dia Ehefraua,
dia biaget sich vor Lacha.
Dia Väter lached zletschda au,
was sollet se sonscht macha?

An End war's doch an schener Dag
au ohne Alkohol
und trotzdem waret älle mir
am Obed ganz sche voll.

Gefüllt mit wunderschöne Schtunda,
mit Bildern, Tönen, Düften.
An Leiterwagenwandertag
ko manch Geheimnis lüften.

Mr sieht so viel, entdeckt auf's neu
wia schön des Schwobaland.
Und ehrlich, ohne Alkohol
do merkt's au dr Voschtand!

Fascht wia vom Juwelier

Die echten Schwaben sind ein besonderes Urgestein.
Sie sind:

- hart
- ungeschliffen
- selten
- unverwüstlich
- nicht frei von Einschlüssen
- oft unscheinbar
- schwer zu entdecken

Kurzum, sie haben eigentlich viele Eigenschaften eines Rohdiamanten. Doch sie sind trotz allem äußerst facettenreich, voller Funkeln und überaus wertvoll!

Dia Schwoba sind halt ebbes bsonders -
und hoffentlich uvogänglich!

Das Ende der Zapperei

Duasch du obends Fernseh glotza,
kannsch du älladritt bloß motza.
Kaum, dass endlich schpannend werd,
isch dia Handlung jäh verzerrt.

Werbung - ach wie intressant,
bringt oin schier um da Voschtand.
Welches Händi isch des Beschte?
Welches Schpüli packt dia Reschte?
Welche Krönung für die Gäschte?

Was mr braucht und haba muss
schafft fernsehabendlich Verdruss.
Also zappt mr rauf und runter,
denn des Programm wird immer bunter.

Ob RTL, SAT 1, PRO 7 -
Werbung wird stets groß geschrieben.
Zeitgleich lässt mr uns beim Zappa
in TV-Werbescheiße dappa.

Ob die Pampers angenehm,
ob die Binde saugbequem -
Werbung geht uns an die Haut.
Täglich wird uns anvertraut:
Das Geheimnis grüner Küche,
das Rezept gegen Gerüche,
wie's mit em Nachbarn besser klappt
erfährt mr nia , wenn weggezappt.

Dr Schpielfilm läuft, geschpickt mit Schpots,
das neue Tempo hilft bei Rotz.
Dr Mörder schießt, die Kugel eilt -

es wird beim Flaschabier verweilt,
denn bis sie auf das Opfer trifft,
hat mr getrunka und geschifft.

Ja - Werbung schafft uns freien Raum,
versüßt durch Ehrmann's Früchtetraum.
Dr Kühlschrank wird zum Wegbegleiter,
die Volksbank bringt uns sicher weiter.
Selbst Chipsfrisch rutscht besonders leicht,
wenn gut in Ajax eingeweicht.

Mr trinkt und futtert sanft verführt,
weil Werbung an Instinkten rührt.
Mr duat und macht was ondre wella
und kann per Internet glei bschtella.
Wie in Hypnose greift mr zu -
die Seele findet keine Ruh.

Was soll mr dua als Fernsehgaffer,
dr Geischt wird bled, dr Ranza schlaffer.
Was hilft bei solcher Sauerei?
Du schaltsch am beschta s'Dritte ei!
Koi Flaschabier und koi o.b.,
wia isch des Glotza wieder sche.
Koi Telekom und koi Sunil,
nix schtört des Mundart-Fernsehschpiel.
Vielleicht gibt's net so viele Leicha,
doch nirgads duat a Werbung schleicha.

Deshalb willsch werbefrei genießa,
muasch Kirch und Co. zum Mond naufschiaßa.

Lebenshilfa

„Seit i jede Woch in dr 'Frau im Schpiegel' les, entdeck i jedsmol bisher unbekannte Krankheita an mir."

„Was, so was liesch du? I glaub i schpinn! Ja interessiert die denn des, was dia schreibet? Do isch doch s'meischde voschtunka und vologa!"

„Also älles kannsch net glauba, aber grad des über d'Gsundheit, des schreibet ja richtiche Dokter, also des schtimmt scho. Und zudem, wenn du amol über 40 bisch, no muasch scho a bissle auf dein Körper achta. Um's numgugga bisch hie!"

„Mensch, machsch du dir Gedanka. I glaub, je meh Käs dass du liesch, je liadricher geht dr's."

„Noi, noi, so isch's net. Du wersch des au no merka. I han nia gwisst, was mir fehlt, aber seit i meine innere Schpannungszuständ mit Baldrianwickel und Hopfabäder behandel, isch mei Nervosität wia weggeblasa."

„Und i hab scho denkt, du dädsch heimlich saufa, so lummalich wia du rumhängsch. Du siehsch ja bald scho aus wia d'Erzeugerabfüllung persönlich."

„Jetzt reg mi net uff und lass mir meine Mittela. I will mein Lebensabend genießa und net mit am Herzinfarkt auf dr Intensivstatio liega."

„Du hasch doch an Schuss. Jetzt bisch grad 45 worda und di interessiert bloß no wia du deine letzschde Lebensjahre einigermaßa rumkriagsch."

„Du gehsch mr auf d'Nerva. I geh jetzt hoim und mach mir a Hopfabädle, ob dir's passt oder net!"

„No lieg doch nei in dei Brüah. Solla ja scho einige versoffa sei, weil se sich z'arg entspannt habet."

„Vrzähl mr doch koi Scheiß, des glaub i dir net."

„Doch, ganz ehrlich, des hab i erscht geschtern glesa - in dr neua 'Frau im Schpiegel."

Mr weiß nie, was drinsteckt

Du kannsch guat ausseha,
du kannsch liab sei,
du kannsch intelligent rausschwätza,
du kannsch a gepflegtes Äußeres haba,
du kannsch romantisch sei,
du kannsch a bissle Schotter haba,
du kannsch de Fraua zuhöra und se vielleicht sogar versteha.

Kurzum, du kannsch alles haba, was sich des schwache Geschlecht wünscht. Doch wenn du Käsfüaß hasch, bisch am End doch dr Depp.

O SOLE MIO
EIS

Örtlich Niederschläge

Rega - Rega - Dröpfle,
es dribbelt auf am Köpfle.
S'Frisürle hockt so langsam nah
und feicht werd dir's im Gnick.
S'Mek-apple löst sich schmierich ab
und läuft wie bunte Dinde nab,
s'färbt sich dei modischs Blisle.
Vom Nasaspitzle drepfelt's ab
auf's netzbestrumpfte Fiasle.

Heiter bis wolkich - kannsch vogessa,
sonschd wärsch du niemals nie gesessa
und hädsch a Bienastichle b'stellt
im Straßakaffee, hädsch des gwißt,
dass s'Wetter umschlägt, voller Lischt.

Es kübelt rah, was runter kah.
Dr Sonnaschirm hält kurz dagega,
no schmeißt's an um
und fliegt im Rega
zum Eisverkäuferständle num.

Der glotzt voschrocka aus dr Brille,
em Bode rum fährt sei Vanille
und d'Schoko henkt am Schlappa.
Er muss etzt, s'bleibt em gar koi Wahl,
im gmischta Eis rumdappa.

Scho sauet d'Leit in d'Eigäng nei,
um sich a bissle z'schütza.
Doch s'windet stark - dr Rege treibt's
bis in die hinderscht Ritza.

Mit nasse Füaß und Hosaboi
hent b'sonders Harte gar koi Scheu.
Geschützt durch Poliätilehn -
so a Regakeip ischt angenehm.
Em trockna Zustand guat zum Traga,
bloß feucht - do bebbt's oim an dr Kraga.
Jetzt merket se wia arg se schwitza,
sie transpiriern aus älle Ritza.

Dei Kuachastickle, breit und schwammich,
dia Sahne dünn und trotzdem schlammich,
läuft langsam übern Dellerrand.
Dr Appetit, der isch verganga,
weil Petrus außer Rand und Band.

Dr Kaffee spritzt und danzt im Tässle
und aus em Einkaufsbummelgässle
strömet d'Leit mitsamt am Wasser.
Dr Pegel steigt, s'werd als no nasser,
zum Wolkabrüchle duat sich's auf.
Pitschpudelnass, trotz Dauerlauf,
saut mr zur Haltestelle.
Die Linie kommt, dr Bus fährt vor
und hoppla schwappt die Welle.
Bis hoch an d'Eikaufsgucka nauf
da dringt dr Wasserschwall.
Heut kriegt mr richtich oiner drauf,
dia Brüh ischt überall.

Nun zeigt sich Blaschtich oder Jute,
welch Beutel ist die absolute
und umweltfreindlichschte Verpackung.
Trotz Prägedruck und Doppelzackung
verliert d'Papierguck schnell an Statik
und wia mit Ausleerautomatik

rutscht plantschend schwupps dr Inhalt naus.
Dia leichte Sächla dänzlet fort,
folget am Wasserlauf,
des schwere Zeigs taucht gurgelnd nunter.
Gewiss, mr kauft manchsmal mitunter
viel Gruschd, wo mr nie braucha däd -
wenn's braucha dädsch wär's trotzdem z'schpät.
Des Zeig isch fort und au dr Bus,
des hat no g'fehlt zum Überfluss.

Do schtehsch wia an begossna Pudel,
em Kandel schwimmet breite Nudel
und lustig folget hinterher
no Mohraköpf und Gummibär.
Urplötzlich, grad so wias begonna,
hört's auf zum Schiffa und scheint d'Sonna.
Belebt sich Platz und Gässle neu,
d'Leit kommet raus, no a bissle scheu
ob solcher Regenfülle.
A paar Dicke kämpfet sich
aus ihrer Blaschtichhülle.

Mit nasse Kleider, fröschdelnd leicht,
d'Schuhsöhla sind leicht aufgeweicht,
wartsch auf dr nächschde Bus.
Mit Gänsehaut und kühler Blas
wächst in dir dr Verdruss.

Die blöde Wetterdienstler dia,
die werd i morga störa.
Die Seggel, do kannsch sicher sei,
die kriagat was zu höra.
In Rechnung stell i, sell kannsch glauba,
fünf Kilo Zwiebel, zwei Pfund Trauba,
oi Pärle Schuh, an Bund Radiesla,

a viertel Wurscht, zwei Schweinefiaßla,
oimol Frisör und net vergessa
oin Bienastich, weil ungegessa.

Zur Anzeig kommt's am nächschda Dag,
dr Rechtsawalt guckt komisch.
Er fragt a paarmol saublöd nach,
drauf moint er - grad ironisch:
„Auf juristischem Wege sei
da überhaupt nix z'macha,
es sei halt 'höhere Gewalt'"
und s'zreißt en schier vor Lacha.

Des bundesdeutsche Rechtssyschdem,
des hat mi schtark erschüttert.
Drum obachd, wenn's beim Bienastich
mal unerwartet g'wittert!

Guat geprobt...

S'gibt so viele guate Tröpfla,
alle gwachsa hier im Land.
Probiera muass mr immer wieder,
teschta mit viel Sachverschtand.

Verschiedene Methoda gibt's
dia guaten Weine zu schtudiera,
um bei all den Angeboten
nicht den 'Weingeischt' zu verliera.

Dr oi, der nimmt'n auf dia Zung
und verseckelt bloß sei Maul.
Sein Gauma bleibt dabei furztrocka,
als wär er grad zum Schlucka z'faul.

Dr onder beißt und schmatzt und kaut,
als wär dr Wei voll Breggel.
Na holt er sich dr Kübel her
und schpuckt'n aus - der Seggel.

Und wieder oiner riacht und schnauft,
tunkt nei schiergar sei Nas.
Ja wenn er könnt, dr ganze Kopf
hinein ins Probaglas.

Doch richtig proba, das ischt Kunscht,
das ischt beinah scho Gabe.
Probiera kenna ischt Kultur,
koi Imponiergehabe.

Dr Fachma hebt'n erscht ans Licht
und lässt dr Kerzaschei

beim Auf und Ab, beim Hin und Her
schön funkla in seim Wei.

Dann nimmt er d'Nasa und erfüllt
sei Riechorgan mit Stoffen.
Dr Traubabeerles voller Duft
lässt vieles schon erhoffen.

Zuerscht auf d'Zung und zwischa d'Zäh,
in d'Backa nei und wieder vor,
so geht dr Probelauf - juche -
und wird zum Siegertor.

Etzt endlich kommt dr Gauma dra,
etz muass er nemme warta.
Selbscht s'Mägele des schafft und will
mit Wärmewoga schtarta.

Genuss und Wohlbefinda legt
sich sanft in deine Seele.
Nun ischt es zwölfprozentich klar,
welch Trank man nun erwähle.

Oh, wie schön sind solche Proba,
oh, wie herrlich so ein Wei.
All ihr Sinne macht euch auf,
dr Rebasaft will drunka sei.

Zum Wohle

Der Wein ist ein besondrer Saft,
lasst hell die Gläser klingen.
Er bringt uns Freude, bringt uns Kraft
und will uns ganz durchdringen.

Regentröpfchen ganz geheim
durch's Rebholz destilliert,
verändern Farbe und Geschmack
zu dem, was uns verführt.

Verwandlung steht euch hier im Glas
vom Saft, zum Most, zum Wein.
Saugt dankbar auf, das edle Nass
und lasst es in euch sein.

Des Weines Geist erweckt in dir,
was lange schon verborgen.
Er sagt: „Trink heute, jetzt und hier
und denke nicht an morgen!"

Genieße jedes Tröpfchen Wein,
lass keines je verkommen,
dann stellt Glückseligkeit sich ein,
wird auch dein Blick verschwommen.

Die Sinne fangen an zu spielen,
sie schweben leicht und milde.
Der Rebensaft entführt dich sanft
in launige Gefilde.

Wer Wein trinkt, den beschenkt das Leben,
dem öffnet sich die ganze Welt.
Stoßt mit mir an, lasst uns erheben,
wenn Bacchus sich dazu gesellt!

A guater Freind

S'gibt ebbes, des isch selta worda,
des isch scho fascht a Rarität.
Des isch, wenn oiner heut und morga
bei Guat und Böse zu dr schteht.

A guater Freind, der isch schtets do
wenn g'feschdelt oder g'feiert wird.
Er ißt und trinkt,
er lacht und singt
und freut sich so mit dir.
Er hält dia Schtellung und des Glas
bis morgeds früh um vier.

A guater Freind, der sagt net noi,
wenn'd fragsch: „Gehn mr mol aus?"
Zu zweit macht manches halt meh Schpaß
und mr kommt aus am Haus.

A Freindschaft, dia isch so viel wert,
viel meh als Gold und Geld.
A guater Freind isch nie vokehrt,
doch selta auf dr Welt.

Doch Freindschaft, die ischt net beschränkt
auf's feschdeln, feiern, lacha.
Au wenn sich's mancher doch so denkt,
s'gibt grad gnuag ondre Sacha.

Wenn dr's net guat geht, was isch no,
sind do dei viele Freind no do?
Fehlt dir's am Geld, du armer Wicht,
werdet dei Freindlesreiha licht?

Bisch net guat druff und schwätsch an Käs,
nimmt mr dir's krumm und werd mr bös?
Hasch viel zu Werkla und zu Schaffa,
duan do dei Freind von außa gaffa?

Bei solche Sacha sieht mr glei,
was echte Freindschaft ischt,
doch um an guata Freind zu haba,
do gibt's bis heut koi Lischt.

A Freindschaft wird im Herz gebora,
wächst net im Maga, net im Kopf
und wer sei Herz net öffna ko,
der bleibt an armer Tropf.

A guate Freindschaft will was heißa -
etz schpitz dei Ohra und hör zu!
I ko mi ehrlich glücklich preisa,
weil i an Freind hab - so wia **du**!

Selber schuld...

Des Rosabebelle, des drückt
und au dr Schweinebrata.
Was soll mr oim, den's plagt und zwickt
in so oim Fall bloß rata?

„Schnell leg di no und lupf dei Fiaß
und schnall da Gürtel auf.
Vielleicht nimmt des, was di so quält
von ganz alloi dr Lauf."

„Geh a bissle naus vor's Haus,
um Sauerstoff zu schnappa.
Wenn's oim im Ranza schier verreißt
hilft oft a bissle dappa."

„Trink schnell a Schnäpsle, des duat guat,
des löst den Druck geschwind.
Dr Zwetschgaschnaps verteilt dia Sach,
wenn der durch d'Kehla rinnt."

Also guat, i lass mir helfa,
i nehm en o, den letschda Rat.
Geh schnell an Schrank und hol des Fläschle,
dann schreit i auf dr Schtell zur Tat.

„Des wär no schöner", sagt mei Frau,
„dein Schnaps, den kannsch vogessa,
denn schließlich bisch du selber Schuld,
hädsch halt net so viel gfressa!"

Die schwäbische Brille
oder die drei Fenster zur Schwabenseele

Der Schwabe sieht sein Heimatland
aus ganz besondrer Sicht.
Sein optisches Gerät dazu
ist schwabenmäßig schlicht.

Sein Brillenfabrikat bezeugt
auf ganz geniale Weise
den schwäbischen Erfindergeist,
doch heimlich still und leise.

Er braucht die Lupe nicht von Zeiss
auch ein Monokel nicht,
er braucht das Fernglas nicht dazu
für seine eigne Sicht.

Drei Fenster hat sein Sichtgerät,
nicht zwei, wie's üblich ist.
Doch eben diese Überzahl,
die ist des Schwaben List.

Das erste Fenster lenkt den Blick
auf all die Schönheit ringsumher
und gibt verborgne Winkel frei -
durch diese Öffnung sieht man mehr.

Das zweite Fenster zeigt die Kraft,
die hier im Land aus allem dringt,
die jeden Halm und jeden Stein
zum Leuchten und zum Funkeln bringt.

Durch's dritte Fenster dringt die Freude
direkt in unsre Herzen ein
und schenkt ins Stundenglas des Lebens
uns die Zufriedenheit hinein.

Welch Zauberbrille kann es sein,
die solcherlei bewirkt -
doch deren wundersame Wirkung
vieltausendfach verbürgt.

Nicht aus Metall und nicht aus Glas
ist unser Schwaben-Sehgerät.
Ja, nur ein Schwabe kann es ein,
der dieses Wunder auch versteht.

Ein Hefeteig formt das Gestell,
der Überzug aus braunem Lack,
das ganze knusprig, rösch gebacken
verführt Geruchssinn und Geschmack.

Der Bäckerzunft sei dreifach Lob,
die solche Brille hat erfunden -
wir schauen dreimal noch hindurch
und lassen uns die Brezel munden.

S'dritte Weckle

Diese Geschichte könnte man auch unter der Rubrik 'Szenen einer Ehe' abheften. Doch nach meiner Meinung wäre sie dazu zu schade, denn dafür ist sie viel zu typisch. Eigentlich typisch schwäbisch. Sogar, wenn die Handlung ursprünglich im Hohenlohischen stattgefunden haben soll. Ich habe mir erlaubt, sie in lesbares Deutsch umzuschreiben und etwas abzuändern, so dass sie einer breiteren Öffentlichkeit verständlich wird. Für all diejenigen, denen leider die schwäbische Sprache oder was teilweise noch schlimmer, die schwäbische Schrift unverständlich bleibt, sei wenigsten die Überschrift übersetzt:

'Das dritte Brötchen' - oder halt oifacher auf schwäbisch 's'dritte Weckle'.

Er: (Kommt vom Gschäft hoim und baddscht d'Türa hinter sich zua)

Sie: (A weng schnibbisch) Hasch du des Weckle gessa?

Er: Was isch los? Was für a Weckle?

Sie: Ha - des dritte Weckle!

Er: Sag amol, was hasch du dr denn heut eifalla lassa? I weiß nix von ma Weckle. Net von ma erschda, net von ma zweita und scho gar nix von ma dritta.

Sie: Jetzt schtellsch de wieder amol bleder o wiad bisch! Du muasch doch no wissa, dass du des dritte Weckle klaut hasch.

Er: Also erschtens, dr absolute Nullpunkt meiner Bledheit hab i bereits am Hochzeitsdag erreicht und zweitens isch mir dei doofs Weckle scheißegal.

Sie: So, dir isch des egal. Also hasch's gfressa!

Er: Was soll i haba? I hab nix gfressa und scho gar koi Weckle!

Sie: Ha freile, des Dritte! I hab drei Weckla in meinera Eikaufstascha ghet und etzt sind bloß no zwei drin.

Er: In dei Eikaufstascha hab i ned amol neiguggt und erscht recht net neiglangt.

Sie: Du schtreitsch also ab, dass du des dritte Weckle gschtohla hasch?

Er: I schreit's net ab. I hab's net oguggt, net oglangt, net gschtohla und net gfressa. Und überhaupt. Do kommt mr obends beschtens glaunt hoim und no überfällsch oin du mit so ma Scheiß.

Sie: Und überhaupt. I find's a granadamäßiche Sauerei, dass du mir a Weckle glausch und no au no z'feig bisch, des zuazugeba!

Er: I weiß gar net, wia du draufkommsch, dass i dir was glaua däd.

Sie: I schtell bloß Tatsacha feschd. Mit dene drei Weckla hab i Fleischküachla macha wella. Aber mit zwei Weckla kann mr koine macha. Schuld dro bisch bloß du, weil du mei Tascha durchwühlsch.

Er: I han nix durchwühlt! Aber selbschst wenn i häd, i werd doch in meim eigena Haus des Recht haba, a Weckle zu essa wenn mir's gfällt.

Sie: Aber du hasch koi Recht, dass du des hinterher abschtreitsch.

Er: I schtreit ja gar nix ab!

Sie: Des isch ja s'letschde. Grad eba hasch noch gsa, du wüscht nix von ma Weckle.

Er: I weiß a nix von ma Weckle.

Sie: Willsch du mi etzt voäppla? Grad hasch no zuagebba, dass du des Weckle gfressa hasch.

Er: I hab überhaupt nix zuageba. I hab bloß gsa, wenn i gwellt hätt, hätt i's essa kenna.

Sie: Ha. Wo soll's denn sonscht sei, wenn du's net hasch?

Er: Was weiß denn i. Du kannsch mi doch net für jedes wildfremde Weckle voantwortlich macha, des sich aus deinera Tascha schleicht.

Sie: Außer dir war doch sonscht koiner in dr Küche. Also hasch's!

Er: Des isch also für die Grund gnuag, so an Vodacht auszuschprecha. Dr oigene Mo an Dieb. Glaubsch du, dass i wega so ma Weckle dein Zirkus no länger mitmach?

Sie: Wer macht denn do den Zirkus?

Er:: Mir langt's etzt. Du kannsch mi fünfern!

Sie: Mir geht's überhaupt net um des Weckle. Mir geht's ums Prinzip!

Er: Da hasch fuffzich Pfennich. Na kannsch dr a Portio Prinzip kaufa, no isch dia Sach erledigt

Sie: Für die vielleicht, aber net für mi. Was liegt mir scho an ma Weckle, wo i etzt seh, was du für oiner bisch.

Er: Mir liegt überhaupt nix an deim Weckle. Aber dass du deshalb koi Obendessa fertich bringsch kann i net vorsteha.

Sie: Weil, weil erscht sagsch du hädsch's gessa und no schtreitsch's wieder ab. I voschteh's oifach net, des isch so ulogisch.

Er: Ulogisch?

Sie: Kannsch du vielleicht abschtreita, dass du abschtreitsch, dass du abgschtritta hasch...?

Er: (brüllt) Ja, i schtreit's ab. I schtreit alles ab. I schtreit mei Exischtenz ab. I schtreit die Exischtenz jeglicher Weckla ab. Aber i schtreit net ab, dass i mi vogessa kent, wenn du no oimol des Wort 'Weckle' in d'Gosch nimmsch.

Sie: (heult) Ja, ja, vogess de no. Mi hasch du ja scho lang vogessa, so wia du mit mir umschpringsch und mi schikaniersch.

Er: I schikanier di? I? Di? Bisch du ganz sicher, dass du gmoint hasch I schikanier di? Typische Weiberlogik! Typisch!

Sie: Und du mit deiner Männerlogik! Du wider-schprichsch dr doch selber viermol in oim Atemzug. Zerscht hasch gsa, du wüscht nix von ama Weckle, no hasch gsa, es sei dei guat's Recht a Weckle z'essa. Dann hasch gsa, du dädsch's abschreita, dass du's gessa hasch und dann...

Er: (brüllt noch lauter) Ja, i hab dei Weckle gfressa. I hab überhaupt älle Weckla gfressa, mitsamt de Eikaufstascha. I fress sowieso bloß no Weckla. I han no nia was onders als wia Weckla gfressa. I bin dr Wecklesfresser!!! I geb alles zua, aber etzt gibsch a Ruah, mei Nerva sind am End. I kann koi Weckle me seh. I kann des Wort Weckle nemme höra, mir isch kotzschlecht vor lauter Wecklesfressa.

Sie: (blärrt, schluchzt, blärrt weiter)

Er: Komm, etzt blärr doch net. Bitte, alles bloß net blärra. Schätzle, solla mr vielleicht a bissle von dem Weckle schwätza?

Sie: (unter Schluchza) Wa - u - ha - du - des - ma...

Er: Goldhäsle, dua doch dei Träna abtrockna. Komm, heul doch nemme.

Sie: (schluchzt noch ärger)

Er: Mei Engele, mei Zuckerhäsle. Etzt heul doch bitte nemme. Wo mir uns heut obend doch so guat unterhalta hent. Meisle, was hasch zum Schluss noch saga wella?

Sie: Warum - haschn - des - gmacht?

Er: Was??

Sie: (schluchzt auf's Neue)

Er: Du hasch recht. I hab's gmacht, weil i ein egoistischer, bösartiger, hinterhältiger und vofressener Wüaschtling bin.

Sie: Ach du, du voschpottesch mi ja bloß. Du hasch des gmacht, weil du mi nemme magsch.

Er: Also guat. I geb alles zua. I mag die nemme, i han die no nia gmegt. I bin wüascht, gefühlskalt und brutal. I glotz andere Weiber noch, i schlag junge Katza dod und i fress Weckla. I geb zua, was du willsch. Mir isch etzt alles egal. Hauptsach, du hörsch mit deiner Blärrerei auf.

Sie: I han's gwisst...

Er: Sag i doch...

Sie: Ich hasse dich. I kennt di grad dodschlaga, auf dr Schtell. Du Saukerle, du Ehebrecher, du, du... Oh was hab i do bloß gheiert.

Er: Als drauf, no weiter. Isch doch ganz klar, dass so a voschlampert's Weckle an Mord rechtfertichd.

Sie: Sei bloß ruhich. I kann dei gemeines Gschwätz nemme höra. Du hasch koi Gfühl, du weisch überhaupt net, wie eine weibliche Seele empfindet. Du Grobian. hau doch ab. Deine zwei ondere Weckle kannsch au glei mitnemma! (Sie leert em Dascha vor de Fiaß aus. Aber hoppla, es fallen drei Brötchen auf den Boden) Des - des des sind ja drei Weckle?!

Er: (genießend) Wieso, i seh bloß zwei. Des dritte muass an Sehfehler sei.

Sie: (dodal vrblüfft) Des dritte Weckle muass sich ins Futter vowickelt ghet haba.

Er: Des dritte Weckle isch überhaupt koi Weckle. Des isch dr Geischt von dem Weckle wo i gfressa hab.

Sie: Schätzle, Liebling. I hab dir so arg Urecht do. I schäm mi so.

Er: Hoffentlich siehsch's du ei und lernsch was draus.

Sie: Ja, aber weisch, wenn du net gsa hedsch, das du des Weckle gessa hasch...

Er: Lass guat sei mei Honigbärle. I hab dr scho vozieha.

Sie: I vosprech dir, dass mir uns nia wieder wega so oiner Lappalie schtreita.

Er: Nie wieder!

Sie: Wenn i etzt recht drüber nachdenk, no kommt mir grad ebba an ganz schlimma Vodacht. War'n denn eigentlich net überhaupt vier Weckla in dera Eikaufstascha?

Er: Aaahhhh...!!!

Omas
Himbeeren

Königlich

Fruchtschelee und Konfitürla
solla sich auf's Brot naufschmiera
älle, dia wo so was mega,
bloß i als Schwob bin strikt dagega!
Farbstoff, Süßstoff, Konservierung
isch üblich heut zur Brotlaibschmierung.
Sich vor dr Induschtrie zu beiga
mag i net, da bin i eiga.

Weltweit importierte Früchte
kommet heut in Gläsle nei.
Ureif zopft, gschpritzt, dass net schimmelt.
Schtellt sich da dr Glischda ei?

Denk doch nach, wia war des früher -
war des net das höchschte Glück,
wenn mr kriagt hat von dr Muadr
a dick bestrichnes Gsälzbrotschtück?

Aus Quitta, Breschtling, schwarze Träubla
voller Gschmack und sonnareif,
machet unsre Schwobaweibla
a Sache, dass dr d'Schpucke läuft.

Oh wia duftet's aus dr Küche,
oh wia köchelt's auf am Herd.
Oignes Gsälz vom oigna Garta -
ehrlich, das isch goldeswert!

Endlich - frischkocht - warm - genießa,
das ischt wahrer Hochgenuss.
Hoffentlich begreift's a jeder
und kommt dadurch zum Entschluss:

Glei scho morga dua i gsälza,
lass dia Gläsla im Regal.
Vom Rasa schor i um die Hälfte
pflanz Büschle nei in großer Zahl.

I mach mr mei oignes Gsälz
aus frische Früchtla voller Gschmack.
Dr Lumpagruscht, den lass i schteha,
mei oiges Gsälz bringt mi auf Zack.

Gsälz, du bisch ein eigen Ding,
süß und fruchtig, fascht geheim.
Als Schwabe hat mr so sei Mugga,
doch dir geh i gern auf dr Leim.

Und hasch du no an Hefezopf
und Butter obadrei,
dann kannsch du hier im Schwobaland
grad wia an König sei.

Urlaubserinnerungen

Im letschda Urlaub war i mit meiner Frau und boide Kinder in Schpanien - Coschta Brava. Koschta duad's net wenich aber was sei muass, muass sei. Gewisse Familiamitglieder bestehed drauf und de Kinder ka mr's net abschlaga.

Alles in allem war's au gar net soo schlecht. Scho nach 18 Schtund Marathon-Busfahrt und zweimaliger Pinkelpause waret mir vor am Hotel. Dass an dr Proschpektbeschreibung unter Strandnähe und Ortsrandlage irgendwas net schtimma ka, war mir zwar dahoim scho klar, aber hier isch mir des erscht bewusst worda. Nähe isch ebba relatliv, bsonders in Schpanien.

Unsere Zimmer waret sauber und übersichtlich. Oi Doppelbettle, oi Stühle, oi Tischle, oi Schteckdos und oi MInI-Bädle. Sogar unsere Koffer habet unterm Bett Platz gfunda. Dr Ortsrand war leider nirgends zu seha, bloß an Haufa voll wolkakratzermäßiger Karnickelschtäll, alle mit Balkon. Dia südliche Sonne hilft dem schwäbischen Hirn vieles zu verdränga und außerdem soll mr im Urlaub net so viel bruddla, scho wega dr Erholung. Mei Frau hat gmoint, mr sott im Ausland sowieso viel toleranter sei als dahoim. Toleranter - mir Schwoba habet doch sowieso von Haus aus a saumäßig hohe Toleranzgrenza, uns regt doch faschd nix auf.

Was hab i in dem Urlaub net alles toleriert:

- koi warm Wasser zum Duscha - isch guat für dr Kreislauf...

- an Aufzug wo net duat - koi Problem, solangs Treppa hat...

- braunes Wasser mit Muggafugg-Gschmäckle - nunder mit...

- Weckla wo aussehat wia von geschtern, aber schmeckat wia von letscht Woch - mit de moderne Gebisshaftmittel zwingt mr's guat...

- dia größere Gruppe von holländische Miturlauber, dia gmoint hat, dass ihne s'Hotel ghöra däd - nix omerka lassa und d'Goscha halta...

- total überhöhte Preis an dr Schtrandpromenad - bloß net zeiga, dass mr eigentlich an Klemmer isch...

- dia Slipeilag, wo mir beim Schwimma im Meer vor dr Nasa rumdänzelt isch - Mund zua und drunder durch...

- dia seggelblede Schtehklo, wo mr nia gwusst hat, wia mr sei Hosa heba soll - d'Frau weiß Bscheid und hat a Päckle Waschmittel mit...

S'gäb no viel mehr zum Erzähla, doch mr soll im Urlaub au dia positive Seita seha und sich net über alles aufrega. Was so an richtiga Schwob isch, in dem wird durch solche Kloinigkeita nur sei Widerstandskämpfernatur gweckt. Was oin net umbringt macht hart, von was mr net kotza muass, gibt Kraft.

Bloß ois - ois hat mi in dem Urlaub saumäßig g'ärgert, sogar richtig narret g'macht. Des war dia Sache mit dem Büffee, dieser Übersättigungsanlage mit pseudohypnotischer Wirkung. Anscheinend habet dia meischte Hotelgäscht Halbpension gebucht ghabt. Halbpension heißt aber so viel, als dass mr sich morgends und obends dr Ranza vollschlaga muass, damit's hebt. Dia fresssuchtmäßige Stopferei hat mit zuanehmender Aufenthaltsdauer der Hotelgäschte immer fürchterliche Ausmaß ognomma. Entweder send dia Mäga immer größer worda, oder d'Leit habet sich mehr traut. Im reina Uverschtand sind do dia Teller vollgschaufelt worda. Bsonders obends war des mit dr Schöpferei am Schlimmschta. Wehe s'hat Pommfritz geba oder ebbes wo wia Schnitzel ausgseha hat. Do waret dia Leit nemme zu bremsa. Als drauf auf dr Teller, wenn's au scho schier nebarunterhagelt. Erscht wenn dr Sättigungsgrad durch bekannte Speisa zu 100% erreicht war, hat mr sich vielleicht traut, von de guate landestypische Sächla zu probiera. Nur als sich deutliche Atembeschwerda eigschtellt habet, weil dr letschde Teller Teigwara mit Soß oim schiergar d'Kuttel abdrückt hat, isch a Zwangspause eiglegt worda. Doch beim Gedanka ans Nachtischbüffee hat mr dann doch todesmutig dia Kollision mit riesige Eisberg aufgnomma.

Auffallenderweis isch an dr Tür zum Speisraum a Schild gwä, wo nur auf Deutsch draufgschtanda isch: "Das Mitnehmen von Speisen ist verboten!" Ha, dia Schpanier kennat viel vobieta, doch dem Einfallsreichtum des Touristen sind keine Grenza g'setzt. Was isch net alles eigwickelt und voschteckelt worda. Dia kloinschte Handtäschla waret auf oimol aufbläht wia Luftballon. Sogar in dia engschte Bermudahösla sind d'Wurschtweckla neigschtopft worda. Im Urlaub darf sich alles entschpanna, bloß dr Bauch net und zudem hat mr ja alles scho im voraus zahlt, do wär's schad, s'däd was schteha bleiba.

Dr Pauschalurlauber als solcher und ganz besonders dr schwäbische Halbpensionischt ischt ein gieriger und vofressener Dinger. Aber er ka auf dia Weise gegaüber dr Vollpension a paar Mark schpara und des macht dia Sache scho wieder reizvoll.

Mi wundert's net, dass dia meischte Leit aus am Urlaub neba ma rechta Sonnabrand au no etliche Kilo Übergwicht mit hoim schleifat. So hat mr wenichschtens a koschtaloses und dauerhaftes Reiseodenka.

Aus dr Werbung...

Noi! Dr Karle!

Ja! Dr Frieder!

Mensch! Ewich net gseha!

Komm, setz de. Wie geht dr's denn?

Blendent! Wart amol. Mei Häusle - mei Baumschtückle - mei Schtallhasa!

Mein Bungalow - mei Flugzeug - mei Fabrik!

Aber...in dr Schul, do war'sch du doch...

Reich gheiert.

Wenn's um's Geld geht - vorher glotza!

Hauptsache UV-stabil

Bleibst du im Haus bei Sonnenschein
wird Sonnenschutz nicht nötig sein.
Doch verlässt man dieses nun,
muss man zur Sicherheit was tun,
denn fürchterlich der Sonne Qual,
wenn sie dich trifft mit hartem Strahl.

Zum Sonnenbaden unentbehrlich,
da ohne einfach zu gefährlich,
sind Sonnenbrandverhütungssachen,
denn ohne hat man nichts zu lachen.

Je nach Dauer und nach Stärke
macht man sich schmierend gleich ans Werke.
Trägt kräftig auf, ja nicht zu wenig,
lässt sich gar salben wie ein König.

Glänzend über beide Ohren
verteilt man Sonnenschutzfaktoren.
Wählt das Mittel nach Bedarf
nicht zu milde, nicht zu scharf.

Stellt man den Müll nur kurz vor's Haus
reicht Faktor 2 schon meistens aus.
Wirft man noch schnell die Post hinein
kann's schon der 3. Faktor sein.

Trinkt man bei offnem Fenster Bier
hilft ohne Frage Faktor 4.
Von Faktor 5 bis Faktor 7
steht wissenschaftlich festgeschrieben:
Bis zehn Minuten Strahlungszeit
ist man durch diesen Schutz gefeit.

8 bis 10 sei deine Wahl
verlässt du gar das Neckartal,
denn auf der Hohenzollern -Spitze
verglühst du sonst in Sonnenhitze.

11-15 jeder weiß
braucht man, wo die Sonne heiß.
Bis zu einer halben Stunde
darf man sich nun Strahlung gönnen.
Ohne ging man vor die Hunde,
würde fürchterlich verbrennen.

60 oder mehr Minuten
bräunend in der Sonnen fluten
heißt, man muss sich 20 geben -
20 rettet Haut und Leben.

Verträgt man Faktor 20 nicht
wird 25 gar zur Pflicht.
Dick aufgetragen hilft es dir
zur leichten Blässe, welche Zier.

Ist sehr hoch der Sonnenstand,
weil sehr fern das Urlaubsland
nimm Faktor 30 reichlich mit,
denn 30 hält die Bleiche fit.

Faktor 50 ist mein Rat,
wenn intensiv das Sonnenbad.
Kein Häutchen wird sich bei dir schälen,
kein heißer Schmerz den Schenkel quälen.

Willst du, weil ärztlich angeraten,
ohne Folgen sonnenbaden,
willst du deine Haut nicht schocken,

musst du dir die Sonnen blocken.
Ultramegastarken Schutz
schafft millimeterdicker Putz,
aus unerschwinglich teuren Mitteln
von Leuten, die in weißen Kitteln
von uns'ren Nöten profitieren,
weil wir nur schmieren, schmieren, schmieren.

Man weiß anscheinend heute nicht:
Wie lang braucht ein Bleichgesicht
bis es zur wilden Rothaut wird,
da Sonnenangst uns ganz verwirrt?

Siehst du die Albinos liegen
an den Stränden, auf den Liegen?
Sie sind dem Brandschutzwahn verfallen.

„Komm - lass uns in die Sonne knallen!"

Vom Grilla...

S'gibt eine absolute Männersache in jedem Haushalt. Wenn au alles andere von de Fraua gmacht wird, beim Grilla übernehmat dia Männer die Befehlsgewalt. Nur dia dazugehörige Salate und sonschtige Zutada dürfet dia Hausfraua richta. Aber wehe, se langet ans Fleisch no oder womöglich gar ans Feuer. Mr muass, wenn's um's Grilla geht net amol was saga. Des Ritual läuft automatisch. Grilla isch halt Männersach.

Dass des so isch, hat wahrscheinlich tieferliegende Gründe, die in grauer Vorzeit zu suacha sind. Do hent nämlich dia Männer des Wild mit ihra Keula und Schpeer selber erlegt und auf am Buckel hoimgschleift. Aus dem Jägerschtolz heraus isch des Stoizeitviech au glei zerlegt, auf Schtecka gschteckt und über's Feuer ghoba worda. Anschließend hat dr Jägersmo dia fertige Breggala ganz gönnerhaft unter dr urzeitlicha Großfamilie voteilt.

Des isch heit alles aber gar net viel anderscht. Es wird zwar meischtens des Wild nemme selber erlegt (wenn mr vielleicht von dr Katz absieht, dia mr bei dr Fahrt zum Metzger überfahra hat), doch scho an dr Metzgerstheke kommat dia Urinschtinkte zum Vorschei. Au wenn d'Kinder und Frau koi Fett am Fleisch wellet - nur dr Mo weiß, was guat isch und kauft deshalb sche durchwachsene Schtückle ei. Wenn au dia Fraua beim Metzger ab und zua auf dr Geldbeutel glotza, wenn dr Mo zum Grilla eikauft, kommt's net so dauf o und scheene, zweifingerdicke Rinderschteak schmeckat doch echt klasse. Als oinzichschter Kompromiss werdet eventuell no a paar Nürnbergerle gnomma, damit d'Kinder au was essat.

Wieder dahoim, wird des Fleisch fachmännisch mariniert. Selbstverständlich mit viel Knoblauch, weil des älle mega. Nachdem des Fleisch vorbereitet isch, kann mr sich etzt um's Feuer kümmra. Mit Holzkohle grilla kann a jeder, aber so a richtige Gluat von so ama richtige Holzfeuer, do kommt nix dra no. Als Nebaeffekt werdet dabei au die Reschte von dr letschda Holzdecke sinnvoll entsorgt und sorget für a Superfeuer. Sobald dia Brettla a bissle runderhocket, kommt dr Roscht druff. Etzt kann's losgeha.

Wunderbar liegat dia Schteakla und Würschtla beianonder und fanget langsam zum brutzla o. Der Schefgrillmeischter weiß genau, dass mr's Fleisch erscht rumdreht, wenn oba dr Saft schwimmt. Bis aber dr Saft oba schwimmt, isch unda aber meischtens scho vobrennt. Doch des wird ignoriert und die Farbe schwarz wird mit knuschprig und rösch umschrieba.
Des blede an de Nürnbergerle isch dr große Abschtand von de Roschtstängela. Aber grad dr Qualm von so abgfackelte Würschtla gibt des typische Barbecue-Gschmäckle.

Voller Stolz werdet dia außa vobrennte aber inna no englische Fleischla an dia Familie und eventuelle Gäschte voteilt. Zu de Kinder, dia alles andere außer de Würschtla voweigera, sagt mr leicht erzürnt: „Ihr wisset net was guat isch" oder als Steigerung „euch g'hört d'Zunga gschabt." Bei alle ondere Mitesser häufet sich am Tellerrand tief dunkelbraune Schwarta und Kohlereschte, dia aber farblich mit dr volaufana Knoblauchbutter und am zammaghockta grüna Salat guat harmonierat. Mit ca. 600 g Fleisch pro Person hat mr net übertrieba, deshalb wundert's on scho saumäßich, dass fascht dia Hälfte von dem Grillgelage übrig bleibt. Vor lauter Hitz werdet halt d'Leut koin Hunger haba oder zuviel von de Salate und Körnerweckla gessa haba. Erschtaunlich isch bloß, dass alle wenigschstens zwoi Schnäps als Nachtisch nunderlaufa lassa, damit se d'Vodauung oschugga kenna.

Als no s'Grillfeschtle rum ischt und d'Gäscht hoimganget, kriagt dr 'Griller' von seinera Frau oin auf dr Dez. „Dei Scheißgrillerei heit wieder, des hasch doch vogessa kenna. Koi Schtückle, wo net vobrennt war und zäh und fettich, wia von ra altersschwacha Kuah. Richtich blamiert hasch uns mol wieder, du Grillsimpel!"

„I weiß gar net, was du hasch. I ess doch au dei Zeig's s'ganze Jahr ugmeckert. Bloß jedesmol, wenn i grilla dua, hasch du a Goscha! Mir hat's auf jeden Fall gschmeckt. Und überhaupt, du weisch vielleicht wia dein Schnellkochtopf funktioniert, aber vom richtiga Grilla hasch du koi Ahnung!"

Warum i net gern ins Freibad geh

Im Laufe seines Lebens verändert sich der Mensch. B'sonders i, moint mei Frau. Sogar meine Kinder habet scho was gmerkt. Ausgerechnet wegam Freibad geha.

Als i selber no kloi war, da war 'ins Freibad geha' s'Gröschte. Kaum hab i's vowarta könna bis endlich d'Schul aus war. Schnurstracks bin i hoim gschprunga und hab mei Muadr gnervt, wenn's endlich Essa geba däd. Grad neigschlunga hab i's. Hinterher sind dia Hausaufgäbla nogschlampert worda. Aber dann, nix wia los ins Freibad, des war herrlich. So verrückt war i nach dem Bädle, dass mir schier Schwimmhäut gwachsa wärat.

Irgendwann isch des aber andersch worda. Mi zieht so a Freibad heut nemme so magisch o wia früher. Im Gegateil! Jedesmol, wenn i ins Freibad mitsoll, lass i mir neue Ausreda und Argumente eifalla, um net in des Freizeitwässerle zu müssa.

Also, des kloine Bäuchle wo i vor mir herschiab isch net dr Grund. Des ghört mir - zu dem steh i. Aber dene ondere Leit ihre dicke Bäuch und ihre an Überernährung leidende Körperteil mag i net ogugga. Au dia ogeblich so guate Wasserqualität ka mi nemme überzeuga. Kaum taucht mr oimol unter, na hat mr späteschtens beim Auftaucha dr Schnodder vom Badenachber in dr Hoor henka. Mi schüttelt's scho, wenn i bloß dradenk. Muass mr zu allem Elend auf d'Toiletta, no wär's besser, mr däd sich sei Sach voheba, als wia dort neizudappa. Vor allem, wenn mr koi Badeschlappa dabei hat. Alloi scho vom Nundergugga auf dia urschprünglich weiße Fliesa juckt mi's zwischa de Zeha. Da hilft au hinterher dia Fußpilzdusche nix.

Wer schon oimol im Freibad nach Pommfritz ogschtanda isch, dem vogeht sogar auf dieses edle Produkt deutscher Kochkunst faschd dr Appetit. Fuffzig ondere Friteusafanatiker schwitzat und dränglat in oiner ungeordneta Menschatrauba um d' Wette. Do merkt mr erscht, wia oagnehm doch dr Körpergeruch isch. Außerdem stört mi die dicke Schicht aus zammadappta Kartoffelstäbla vor dr Kiosktheke. Des bappt so an d'Fiaß na, dass mr's kaum wieder abgrubbla ka. Seit dia Halsabschneider für oin lummalicha Schpritzer Kätschap au no fuffzig Pfennich wella, ess i sowieso koi Altölstängela meh.

Vom Rumliega auf am boggelharta Rasa kriat mr garantiert jedesmol Kreizweh.

Falls mr doch ins Wasser muass, weil d'Kinder oin beinah an de Hoor neiziaget, no fühl i mi schpäteschtens beim Rausgeha aus am Wasser uwohl. Eigentlich däd mr sich dia Brüha gern abduscha, bloß sind die Duscha in dene Freibäder so granatamäßich kalt, dass mr grad moine könnt, dr Teufel däd nach am Schnäpperle schnappa.

Zum Schluss, wenn sich jeder mit irgendwas ogschteckt hat, geht mr endlich aus am Bädle naus. Voschwitzt, bebbich, schtinkich. Mr muass an halba Kilometer über dr Acker dappa, um endlich sei überhitztes Auto zu finda. Nach ugefähr zehn Minuta Türöffna und Abkühla lassa, ka mr endlich neihogga und hoimfahra. Hoim, nix wia hoim. Jetzt ka mr duscha und a Bierle trinka und glei geht's oim wieder besser.

Ganz ehrlich, mi wundert, dass dia Freibädla trotz alle dene abschreckende Seita immer so voll sind. Vielleicht ghört des Badewässerle oifach besser untersucht, net bloß auf Bakteria und Harnsäure. No dädat se wahrscheinlich feschtstella, dass Chlor süchtig macht.

Sündenfälle auf Schwäbisch (2)

- im Keller aus Voseha über Nacht s'Licht brenna lassa

- Mengabegrenzung im Wengert

- Moschdäpfel unterm Baum verfaula lassa

- Wurschtsalat ohne Zwiebel

- Handwerker sei und koi Schwarzgeld haba

- Schwob sei und hochdeutsch schwätza

Ein jeder Schwabe weiß: Wenn man auf dem Klo sitzt, kann man kein Kraut hacken und doch kann man auf diesem Thron viel mehr als nur sein Geschäft machen. Man kann zum Beispiel Zeitung lesen, sich seine Fingernägel auspulen oder ausschneuzen. Ein waschechter Schwabe jedoch, der kann nebenbei auch noch sparen; und wie!

dr Blättlesscheißer

Mit einem Blättchen kann man spar'n,
kann man im Lande hier erfahr'n.
So wie der Schwabe fühlt und denkt
und wie er die Geschäfte lenkt.

Muss er zur Sitzung auf den Ort
steht er auch hier zu seinem Wort:
„Im Sparen liegt Gewinn -
ich spare wo ich geh und sitz,
weil ich ein Schwabe bin."

Er nimmt ein Blättchen akurat,
legt schön die Schüssel aus.
Mit einem Blättchen gleitet so
der Sparerfolg ins Haus.

Er spart an Wasser nicht zu knapp,
denn's Blättchen bringt's Geschäft auf Trab
und schwupps bis um die Biegung.
Die Schüssel selber bleibt blitzblank,
welch wundersame Fügung.

Er spart an Zeit, die er nicht braucht
um hinterher zu bürsten.

Erleichtert spürt er Hochgefühl,
wird thronend so zum Fürsten!

Zeitung lesen, Wasser sparen
und noch Zeit gewinnen.
Nebenher s'Geschäft verrichten
kann man nur hier entsinnen.

Als 'Blättlesscheißer' tituliert
wird so der brave Schwabe,
doch dieser Titel drückt nur aus
des Künstler's große Gabe!

Die Kunst die Dinge so zu seh'n,
dass Freude daraus dringt,
selbst wenn die Sache übel riecht
und flupps im Loch versinkt.

Abendliche Unterhaltung

Er steht am Fenster und blickt gelangweilt nach draußen; sie sitzt am Tisch und blättert in der Fernsehzeitschrift.

Er: Was bringa se denn auf morga für Wetter?

Sie: Im Fernseh kommt au nix meh gscheits.

Er: Wenn's net regert, sott mr dr Garta felga.

Sie: Immer bloß Wiederholunga.

Er: Etz könnt mr no mol Buschbohna säa, des däd no langa.

Sie: I weiß net, was i morga kocha soll.

Er: Dachrinna g'hört au wieder gschtricha.

Sie: I glaub, i mach Pfannakuacha.

Er: Vielleicht sott mr Kupferrinna nomacha, no het dia Streicherei a End.

Sie: Pfannakuacha hab i erscht letschd Woch gmacht, no mach i halt Kässpätzla.

Er: Dei Fenschter sind scho wieder voller Muggaschiss.

Sie: Wenn i Kässpätzla mach, muass i net ins Eikaufa.

Er: Die erschte Birna kennat au scho reif sei.

Sie: Unsere Nachbarn hent scho wieder a neu's Auto.

Er: Wenn's Birna hat, hat's au Frühzwetschga, des Johr isch alles a bissle bälder.

Sie: A-Klasse, dunkelblau und glitzerich. So a richtige Ogeberkischda.

Er: (etwas lauter und dreht sich um) Seit wann sind denn Zwetschga glitzerich?

Sie: (schaut auf) Was für Zwetschga?

Er: Was für Zwetschga? Hörsch du net zua, wenn i mit dir schwätz?

Sie: Hasch du was gsa ghet? I hab mit dir gschwätzt, aber du pasch ja wieder mol net auf.

Er: (blickt wieder aus dem Fenster) Was hasch denn wella?

Sie: (blickt wieder in die Zeitung) Ha, dass d'Nachbern a neu's Kärrele habet.

Er: Weiß i doch längschd. Dia mit ihrm Schrumpf-mercedes. Die haua mir mit unserm A 4 doch zehnmol in d'Pfanna.

Sie: Von mir aus, wenn'd moinsch,na mach i morga halt Pfannakucha...

Bei uns geht's rund

Fährt mr sorglos über's Land
zweifelt mr manchsmol am Voschtand.
Vor jeder Ortschaft muass mr migga
und's Bremspedal nach unta drügga.
Dr Bremsvorgang hat seinen Grund -
an Kreisel kommt und etz geht's rund!

Fahr i so rum, fahr i so,
gilt au hier StVO?
Wie soll mr sich da bloß vohalta,
soll mr hoch- und runterschalta
oder duat mr gradaus fahren
grad wia gewohnt in all den Jahren?
Kommt dr Rechte vor am Linka,
muass mr au im Kreisel blinka?
Auf jeden Fall - ja heidanei,
dia Kreisel machet oin ganz schei.

An welchem Sträßle muass i naus,
vor lauter kreiseln kommsch ganz draus.
Manch Ehrarunde kommt zuschtand
fährsch ohne Hirn du über's Land.

Guggsch du genau zum Kreiselgrund
siehsch du genau - s'geht richtig rund!
Eimerweise Blaschtichscherba
zeuget hier vom Blinkerschterba.
Schwarze Streifa voller Gummi,
ausgebremst grad wia vom Schummi.

Haufaweis verlorne Güter
schwappa über d'Kreisel nüber.
Und am Bordstoi hängt's Profil,

als Laschtzugfahrer kriagsch grad z'viel!
Schier langt's oim net um d'Runde rumm,
blöde Kreisel - seggeldumm!

Was unsre Straßabauer plana
kann mr manchsmol nur erahna.
Schön eingerahmt in Ukrautstreifla
hübsch garniert mit Hundeheifla
lauert uns dr Kreisel auf,
nimmt das Schicksal seinen Lauf.

In d'Reifafalla fährt mr nei
und schmiert dia Lehmdrecksauerei
in dicke Schpura braun und flach.
So'n Kreisverkehr isch halt a Sach,
der sorgt für Farbe in dr Schtadt,
wohl dem der einen Kreisel hat.

Bei uns im Ländle geht's etz rund,
es kreiselt alt und jung.
Zum Durchdreha gibt's keinen Grund
und alle kriaget Schwung.

dr Kloitierzuchtvoroi oder das traurige Ende der anonymen Giggerla

Jede Menge Tierla gibt's
im Ländle um uns rum -
au wenn du nur an Vogel hasch
nemmt dir des koiner krumm.

Ob Schuppa-, Hoor-, ob Federvieh,
ob groß oder ob kloi,
a jedes Vieh isch integriert
im passenda Voroi.

Dr Kloitierzüchter vornadro
der schafft und duat wia wild,
denn im Voroi, da isch er des,
was er dahoim net gilt.

Do gibt's dr Vorschtand, dr Kassier
und oiner no zum Schreiba,
au jede Menge Ausschussleut,
dia's manchsmol übertreiba.

Wia jedes Johr am Sommerfescht,
da hat mr ungeniert,
vor allem ohne viel zu denka
des Feschtprogramm gekürt.

Dr Ablauf samt dr Speisekart
der wurde über Nacht
mit ugezählte Viertela
so guat's ging ausgedacht.

Zuerscht, so wurde feschtgelegt,
da soll des Kloitiervieh

sich stolz vor seine Prüfer schtella
herausgeputzt mit Müh.

Dr Kamm geschwolla, s'Stroh verschissa -
trotz Hüahnergschrei die Prüfer müssa
nach jedem Hinkel oinzeln glotza
und wirklich - es gibt viel zu motza.

Dr Schnabel krumm, dia Fiaß net grad,
dr Rücka schräg statt akurat,
dia Farbe schwach und ohne Glanz,
dia Haltung schepps und z'kurz dr Schwanz.

Doch trotzdem gibt's der Preise viele
bei diesem Kloitierzüchterschpiele.
Und hasch du au dia letschte Henna -
hasch erscht an Preis, brauchsch nemme flenna!

Mit stolz geschwollner Züchterbrust
hat mr auf's Leba wieder Lust.
Vor allem Hunger und an Durscht
kriagt mr vom Prüfa, doch koi Wurscht
dert in dr Züchtermaga nei -
es muass an grillta Gigger sei!

Oh seht ihr nicht den Trauerblick
von hundert Hühnern aus den Gittern,
die angschterfüllt und voller Qual
au um ihr oiges Leba zittern.

Da kräht die Berta und die Liese,
die Lore und die Edeltraud
und wia dia Hühner alle heißa,
ein Trauerlied, dass oin schier graut.

Fünfzig nackte Artgenossa
drehed brutzelnd ihre Runde.
Ja für's liabe Federvieh
ischt dies eine schwere Schtunde.

Grad no vor a paar Minuta
hat mr's Ziffer gwichst und kämmt
und etzt hält mr's in de Finger,
dass mr d'Griffel schier vobrennt.

Wenn dia Züchter seha dädat,
wia die Giggerseele flieht,
dädat se etzt koine fresse,
denn betrübt wär ihr Gemüt.

Doch brutal schteckt mr dr Schlegel
längs und quer sich zwischa d'Zäh.
Kleintierzüchter, dia Entgleisung
tut dem Tierfreund furchtbar weh.

Aber halt, gar net so schlimm,
Gigger essa mir soo gern,
frisch gegrillt und guat gewürzt
liegt uns doch die Reue fern.

Obadrei sind diese Hinkel
anonym und namenlos.
Also auf, etzt geht's an's Brüschtle,
auf dia Plätze - fertig - los!

Von was der Schwabe keine Ahnung,
so sagt man hier, das isst er nicht,
doch beim Ziffer - oh welch Schläue,
hat diese Weisheit kein Gewicht.

Grad, weil fremd und ubekannt
schmeckt des Viechzeug umso besser,
sogar dia Kloitierzüchtersleit
werdet so zu Giggerfresser!

Giggerle - du meine Freude,
stolzes Hinkel, rassig, rein.
Meiner Augen edle Weide,
Bruscht oder Keule - komm sei mein!

s'Heifle

Dr letschd hanne nix böses denkt und bin in so an stinkicha Hundehaufa neidappt. Leider hab i des erscht gmerkt, wo i wieder dohoim gwä bin. Am Ofang han i ja gmoint, der Gschtank käm von draußa rei. Wo no aber dia ganz Lüfterei nix bracht hat und der Gschtank immer ärger worda isch, no hab es endlich gschnallt. Und ausgrechelt an dem Tag han i mei neue Schuah mit dene grobe Profilsohla oghett. Da hat au dr Abstreifversuch an dr Haustreppa nix bracht. Elende Sauerei - elende!

Wia ka mr bloß seine Scheißhund überall nokagga lassa! Unmögliche Zuständ! Wenn mr genau noguggt, no beschteha dia Grünstreifa bloß no aus Hundehaufa. Teilweis wölbet sich ja dia Straßarabättla scho vor lauter Scheißwergel. Also ehrlich, i bin gwiss koin Hundehasser, aber wenn du in so an stinkicha Saubolla neidappa dädsch, no dädsch du garantiert zu oim werda. Überhaupt, was sind des bloß für Mitmenscha, die wo ihre Hund überall ihre Wergel setza lassa. Dia sind zu faul, dass se sich bickad und dia Sauerei wegmacha dädad. Dr Negschde ka ja ruhich neilaufa.

Bei uns am Neibaugebiet, da kannsch d'Uhr danach schtella. Morgens zwischa achte und neine und obens zwischa sechse und siebene, da laufed die hundehütende Hausfraua mit ihre Köter naus. Schon am allererschte Grasbüschele lasset se dann ihre Viecher noseicha. Kaum a paar Meter weiter wird no a scho s'erschte Heifle abdrückt. Und je größer des isch, je zufriedener glotzed die Hundehalter, faschd no zufriedener wia d'Hund selber.

Und was für Riesaviecher do rumsauet. Net groß gnuag kennet se sei. Sogar mit zwei, drei solche Kläffer dappet se rum und legad überall ihre Tretmina aus. Oi Häufle am andere!
Überhaupt, de Leit, also i moin die, wo grad frisch baut hent, dene muass ja scho guat geh. Also de meischte wenichschtens. Net bloß, dass mr uff so ma wahnsinnich teura Bauplatz a halbe Villa noschtellt. Neba dera ganza Finanzierung für's Häusle langt's selbstverständlich au no a neis Zweitwägele für d'Frau, a gepfllaschterte Hofeifahrt und zu allem Überfluss no an Hund. I han ganz gwiss nix dagega, wenn's de Leit guat geht. I gönns ama jedem, wenn er's zu ebbes bringt. Bloß die scheiß Hundehaufa, dia wellat mir net nunder. Bauplatz - Haus - Auto - Hund - aber koi Geld für a Scheifele.

Seit r Weile hab i jetzt Gummistiefel o, wenn i do auf dene Feldweg am Neubaugebiet laufa dua. Do drmit kick i jeden Scheißwergel und jeden Haufa midda nei in dr Weg. Do müasset die Hundsleit etzt selber neidabba. Etzt hen se selber ihre eigene Sauerei an de Schlabba. Mi persönlich mit solche Leit olega, noi, des däd i net. Net weil i mir's net traua däd - auf koin Fall. Aber dia hent halt immer ihre blede Hund dabei und mr liest ja heit so viel von so Zwischafäll. Aber auf mei Art, da schlag i se alle mit ihre eigene Waffa. Und wenn dann dia Saumenscher ihre oigene Wergel in de Schuah henka hen, no isch des wahre Gerechtigkeit.

Bloß ebbes hat mi letscht Woch a bissle verwirrt. Da isch im Blättle gschanda, dass dia landwirtschaftliche Wege, b'sonders dia am Neubaugebiet dermaßa versaut seiat. Deshalb müsste die Verwaltung dia Hundehalter auffordra, dass sie ihre Vierbeiner doch ihr Sach nebanei macha lassed und net midda nei auf dr Weg.

An meine sonndägliche Schpaziergäng dua i jetzt die besagte Weg konsequent meida. Von mir aus solla doch älle nokagga, wo se wellet, mi stört des nemme!

Schwäbische Steigerungen (2)

Transchpiration	Körpergeruch	Achselschwoiß
Brüah	Fleischbrüah	Flädlessupp
Stopfpilz	Stoipilz	Fuaßpilz
Freindschaft	Verwandtschaft	Erbschaft

dr Eikauf

Es kommt eher selten vor,
dass der Mann die Käufe tätigt,
denn ganz selten wird er nur
zum Super-Markteinkauf genötigt.

Dies ist höchstens dann der Fall,
wenn die Gattin kränklich liegt
und der Einkauf nötig wird,
damit man was zu Essen kriegt.

Auf der Einkaufszettelliste
wurde sorgsam festgehalten,
alles was zur Neige ging,
schön getrennt in drei, vier Spalten.

Das, was auf dem Zettel steht,
soll man eiligst nun besorgen
und genauso wie beschrieben
und sofort - am selben Morgen.

Also setzt man sich in Trab
um des lieben Friedens Willen.
Nebenbei und außerdem
will man auch den Hunger stillen.

Unter kritisch, bösem Blick
wird der Zettel mitgenommen,
weil man selber ja zu blöd,
auf das, was fehlt, allein zu kommen.

Man begibt sich auf die Reise
in den fernen Supermarkt.

Nach fünf Parkplatzehrenrunden
wird das Fahrzeug weggeparkt.

Nach einer Reihe Fehlversuchen
nennt man einen Karren sein.
Ja, man lernt auf diese Weise:
Eine Münze muss hinein!

Wie verwirrend ist die Größe,
ist die Vielfalt und der Preis!
Alles dies lenkt von der Liste
ab, denn voller Fleiß
sucht der Mann die Angebote,
die deutlich rot herausgestellt.
Schert sich nicht um das Gewünschte,
sondern kauft was ihm gefällt.

Will die Hausfrau gelbe Rüben,
wo so günstig grad der Lauch,
fühlt der Schwabe sich als König,
wenn sich preiswert füllt der Bauch.
Mit den meisten Einkaufswünschen
verfährt der Sparer ebenso.
Flexibilität hat Vorrang
und der Tiefpreis sowieso.

Bergeweise Ölsardinen,
weil heut knallhart reduziert.
Durch Einkaufsmanipulation
wird man gnadenlos verführt.

So füllt sich das Wägelchen
fast von alleine bis zum Rand,
da entdeckt der wackre Käufer
einen Zettel in der Hand.

Schnell noch ein, zwei Wunschprodukte,
auf die die Gattin dringend wartet,
dann wird nach dem Weg gefragt
und zur Kasse durchgestartet.

Aber halt - was sagt das Schild:
‘Schweizer Käse - Werbewoche’.
Zwei Kilo sind doch nicht zuviel,
wenn man Fondue daraus koche?

Überhaupt wird jäh geändert
der wöchentliche Küchenplan,
denn der Mann kauft was ihm mundet
und schon lange nicht bekam.

Sowieso sieht er nicht ein,
dass die Frau es stets bestimmt,
was man täglich sich vom Teller
und vom Glas zum Munde nimmt.

Selbst ist der Mann - nun auch beim Kaufen.
Er läuft zu voller Größe auf
und er stapelt und er schichtet
was er brauchen kann zuhauf.

An der Kasse - oh, wie peinlich,
geht’s zack, zack. Er schafft es kaum
ohne Platzverlust zu stapeln
in des Einkaufwagens Raum.

Tüten fallen schon mal runter.
Becher gehen leicht zu Bruch.
Wenn die Statik falsch berechnet
wird die Masse schnell zum Fluch.

SUPER MARKT
SONDER POSTEN
Einkaufs Zettel
echt billig
TIP DER WOCHE
REDUZIERT

Abgebucht vom Kartenkonto
wird ein Riesengeldbetrag,
über dessen Höhe man
still zu Hause schweigen mag.

Mühsam, ratternd läuft die Karre
schwer zum Autoabstellplatz.
Hauteng eingeparkt macht Schwabe
heftig fuchtelnd laut Rabatz.

Doch voller Stolz, da lädt er ein
diese tausend schönen Dinge,
die man hoffentlich im Nu
durch den Hauptverkehrsstrom bringe.

Eine Stunde flotte Fahrt
für zwei knappe Kilometer.
Einkaufsbummel Heimwärtsreise
gnadenloser Nerventöter.

Abgekämpft erreicht man endlich
Haus und Hof und lädt schnell aus
und will stolz der Gattin zeigen,
all die Schnäppchen, die im Haus.

Doch die fängt jetzt an zu schimpfen
Elend - Zeter - Mordio.
Undankbar für seine Trümpfe
schreit sie, dass er nicht mehr froh.

Unverständnis für die Dinge,
die so günstig sind und gut.
Frauenhirn, aus deiner Windung
wird kein braver Mann nicht klug.

Musst du wieder einmal kaufen,
was die Hausfrau von dir will,
tu es einfach, ohne schnaufen,
dulde - trage - leide still.

Sprich auch keine Widerworte,
tu nur, was du machen musst!
Machst du's nicht, lern aus Erfahrung,
hast du Riesen-Ehefrust.

Schwäbische Steigerunga (3)

Dackel	Grasdackel	Halbdackel
Export	Pils	Freibier
Luggeleskäs	Leberkäs	Backstoikäs
Durchfall	Dünnpfiff	Scheißat
Seckel	Granataseckel	Schwobaseckel
schütter	lugg	glatzich
Bäuchlein	Kügele	Ranza

Tierliebe

„Mensch Frieder, wenn mr di sieht, no bisch du doch älleweil nur noch am werkla."

„Ha weisch, a bissle was muasch scho do, damit dei Sach auf Vordermann hasch. Guck amol do, zum Beispiel meim Harras sein Hundezwinger. Erscht letschd Woch total frisch baut. Der hat jetzt 16 Quadratmeter Auslauf, voll überdacht und von drei Seita windgschützt. Da gfällt's dem Kerle!"

„Na ja - sieht net schlecht aus, der Zwinger..."

„Was heißt denn do 'Sieht net schlecht aus?' Also hör mr bloß auf, besser hedsch du des au net nobrocht. Der isch so sche worda, dass mr ohne weiteres selber neihocka kennt."

„Ja, also wenn de moinsch..."

„Du kannsch ruhich au no do hergucka und mein neua Hüahnerschtall bewundra. Aus kanadischem Zedernholz und mit greifvogelsicherem Grasplätzle!"

„Ha, erschte Klasse! Des gibt beschtimmt glückliche Eier. I glaub sowieso, für dei Ziffer duasch du alles."

„Wie bitte, wia moinsch denn du des jetz? I schaff net bloß fer mei Ziffer. I dua a ebbes für mei Frau, des

kannsch fei glauba. Erscht vor 6 Wocha han i ihra d'Küche umbaut nach de neueschte Erkenntnisse. Subbermodern und beschtens durchdacht. Sogar a Eibauradio hat se kriagt."

„Was du net sagsch - an Eibauradio..."

„Ha natürlich! Oder hasch du no nia ebbes von artgerechter Haltung ghört?"

Schwob sei heißt... (2)

... in dr Wirtschaft d'Weikarta von hinta nach vorne schtudiera und dann an Trollinger bschstella

... scho älles Werkzeug haba und trotzdem dr Baumarktproschpekt durchgugga

... sich an dr Natur erfreua, aber Samschdag Mittags d'Bäum schpritza

... a hoch's Viech sei und onnaweg Mensch bleiba

... net immer dr Schnellschte sei, aber trotzdem vornedro

Tradition

D'Oma Liesel hat Geburtstag -
wird scho weit über achzich heit.
Do braucht mr net lang überlega,
was so a altes Weible gfreit.

Mr schenkt koin Sekt und koi Pralina,
koi Schinkawurscht und koin Kaffee,
denn sie braucht nemme viel zum Essa
und au zum Drinka net viel meh.

Was schenkt mr solche alte Dama,
was wird erwartet, was kommt o.
A Bluamastöckle isch dia Lösung,
das mr geschwind besorga ko.

Und günschtig ischt es obadrei,
denn so a Stöckle koschd net d'Welt
und kommt bei alte Leit guat o,
weil au de 'Graue' Grünes gfällt.

Groß die Anzahl der Gewächse,
reich das bunte Farbenspiel.
Welche Blume ist wohl passend,
womit erreicht man nur das Ziel
unsere Oma zu beglücka
und durch die Blume auszudrücka,
dass sie uns arg am Herza liegt?
Sie darf in unsere Seele blicka,
wenn sie ihr Bluamastöckle sieht.

A Alpaveig'le dick und prall
mit reichlich großer Knoschpazahl,
lässt leuchta unserer Oma Auga,

weil Alpaveig'le dazua tauga,
dia Tränadrüsa zu erweicha
und des scho glei beim Überreicha.

Voll Bluamatopfbesitzerstolz
wird's Veigele in d'Wohnung gschtellt.
An schöna warma Fenschterplatz
wird's sei, was diesem Pflänzle g'fällt.

Doch leider scho nach ein paar Tagen,
da lässt des Blümle d'Knepfla henka
und d'Oma denkt, weil arm und trocka
da muass des Pflänzle halt meh drinka.
Sie füllt den Topf zum Überlauf
mit viel zu schtarke Wassergaba,
doch hält se net s'Verlummla auf,
des Veig'le will was anders haba.

Vielleicht helfet kühle Räume
um wieder auf die Füaß zu komma.
So wird des Alpaveigele
ins klamme Schlafgemach genomma.

Aber ach, nach vierzehn Tagen
liegt eine gelbe Kreatur
flach und elend auf dem Töpfchen -
„was macht mei Bluamastöckle nur?

Dia Kälte, die duat em net guat,
i glaub, i schtell's in d'Küche nei.
Vielleicht am warma Ofa dranna
schiabts neue Blättla - eins, zwei drei."

Bloß statt neue grüne Blättla
wachset weiße Wollläus drüber.

D'Oma moint etz, des wär Schimmel
und schtellt des Veig'le deshalb nüber
ins Gärtle. Da werd's wieder werda
und topft's no um in frische Erda.

Doch leider, auch nach all den Mühen
muss diese Pflanzenseele fliehen.
Ins Reich der Flora kehrt zurück
was einst der Oma großes Glück.

Doch - Gott sei Dank - im nächschda Jahr
kommt wieder die Besucherschar
und legt vom Gärtner die Präsente
in Oma's Blumenpflegehände.

In alle Farba stehet dann
dia Alpaveigele Schpalier
und Freudatränа fließat feucht
ob dieser schönen Blumenzier.

Und sind's au viele Bluamatöpfla,
ischt mr da drüber net verschreckt.
Braucht sich um's nächschde Gschenk net sorga -
bis nächschtes Jahr sind se verreckt!

Rückschluss

Wia könnt die Welt doch prima sei,
wenn jeder wär wie i.
Des wär fei, da gäb's koin Schtreit
vorbei wär's mit dr Müh.

Alles däd guat funktioniera,
alles wär beschtens durchdacht.
Nirgendwo däd ebbes fehla,
alles wär perfekt gemacht.

So wie i denk, wär's grad richtig,
so wär's logisch, machbar, guat.
Alles andere wär nichtig,
hätt koi Feuer, hätt koi Gluat.

I kann dir an jeden zeiga,
wo falsch denkt und wo falsch lebt.
Da bin i net abzuhalta,
weil sich mei Zeigefinger regt.

I deut auf jeden, wo mi ärgert,
sag's grad raus, i bin so frei,
dass er irrt mit seiner Meinung,
falsch liegt, schief und nebabei
sich auf mei viel bessres Wissa
schtützа und verlassa ko,
denn i weiß wo's langgeht - ehrlich.
Ja - i - bin ein weiser Mo.

Doch der so Zurechtgewiesene
gibt mir einen herben Schtoß,
sagt zu mir nur einen Satz
und der schtellt mi elend bloß.

„Zeigsch du mit deim Zeigefinger
auf das, was dir net behagt,
zeiget drei von deine Finger
auf dich zrück - ganz ugefragt."

Heut mach i mol ...

...ebbes ganz b'sonders

...was, wo i no nia do hab, ebbes, wo i mir schier net zuatraut hätt

...ebbes, wo i mir eigentlich gar net leischta ka

...was ganz ugwohnt's

...I duas oifach

...heut mach i's

...I dua nix

Die tote Sau

Dr letschd war i zua ma Schlachtfest eiglada. Oifach so, ganz überraschend und außer dr Reiha. I hab mir nix bös dabei denkt und au glei zuagsagt. Schließlich hat's gheißa, dass mr guate Laune und viel Appetit mitbringa soll, und i war mir sicher, dass i beide Bedingunga beschstens erfülla ka.

Als kloines Gaschtgeschenk hab i a Fläschle Wei eigwickelt. So a Literfläschle von oim, wo i net so mag, bloß, dass mr halt net mit leere Händ dosteht. Als nach meim Klingla d'Haustüra aufganga isch, hat mi erscht amol an dicker Schwall dämpficher und ugwohnt riechender Luft empfanga. Noch bevor i an Schritt nach hinta het macha kenna, hat die Gaschstgebere mei Hand ergriffa und mi in die Dampfküche neizoga. Überall wared Riesatöpf und Schüssla rumgschtanda und aus manche isch dr schwere Geruch von heißem Schmalz aufgschtiega.

In dr Wohnstuba war's aber scho recht luschtich. Mit volle Backa hat sich bereits a ganzes Dutzend anderer Gäscht lautschtark unterhalta. I hab glei an Platz ghet und mir au sofort schöpfa wella. Riassele, Öhrle, Schwänzle, Bauchlappa, Quellfleisch. All dia appetitliche Stückla sind da in oim groBa Fettaug rumgschwomma. Mit dr Fleischgabel bin i zerscht amol auf Suche nach ma schena fleischicha Breggale ganga. Leider hab i bloß a leichablasses Saufiassle gfunda. Wo i gmerkt hab, dass die andere Gäscht mi scho ganz erwartungsvoll ogugga, hab i halt neigschtupft und so an Bolla rauszoga. Als der no auf meim Teller glega isch, war i scho fascht satt. Damit i den Oblick a bissle besser ertraga kennt hab, hab i mir an Riesaranka

Holzofabrot nebano glegt und ordentlich Sauerkraut gschöpft. Von alle Seita isch mir no aus grinsende, fettverschmierte Göschla "an Guata" zuagrufa worda. Also hab i halt zum Essa ogfanga.

Ganz ehrlich, wenn net so a gmütliche Runde gwäsa wär und mr net am Wei ordentlich zuagschprocha het, i weiß net, ob i des Schtückle tote Sau zwunga het. Aber je meh i gessa und vor allem trunka hab, je besser hat mir's gschmeckt. So a richtig ausglassene Schtimmung isch worda, fascht no ausglassener wia dia Schpeckwürfel, wo auf am Herd gschtanda send. Und gmütlich isch's worda - wo mr nodappt hat, war's schmierich und babbich. Am Stuhl, am Tisch, am Boda und an alle Türaschnepper isch's Schlachtfescht ghanka.

Überhaupt war alles a bissle andersch an dem Dag. Mr hat zum Beischpiel unwahrscheinlich viele Schnäps neilaufa lassa kenna, ohne dass mr selber dia Wirkung gmerkt hätt. Irgendwia muass im Ranza so a dicke Fettschicht gschwomma sei, wo net amol dr Alkohol meh durchkennt hat. Dia Hausfrau hat zwar immer ärger mit de Auga grollt - vor allem als mir beim Singa und Schunkla dr Hafa mit de Kesselbriahschpatza umgschmissa hent. Aber des war koi Problem. Dia frisch bezogene Polschterschtühl hent dia Sache mühelos aufgsaugt. Bloß, als mir dann no ausprobiert hent, wie weit so frische Leberwürscht beim Oschtupfa schpritza kenna, war's auf oimol aus mit dr Gemütlichkeit. Dr Gaschtgeber hat uns auf lautschtarkes Dränga seiner Fra dr Wei und d'Gläser weggnomma und höflich gschria, dass etzt höchschte Zeit zum Hoimgeh wär. Dia Bitte hent mir natürlich net abschlaga kenna. Also send mir gschlossa aufgschtanda und mit Polonäse durch dia ganz Wohnung und anschließend in Weikeller nunder.

Beim Anblick von so viele wohlsortierte Jahrgäng send mir alle wieder ganz plötzlich zur Besinnung komma. Ohne Sauerei zu macha hent mir no a paar guate Fläschla zoga. Selbstverschtändlich hat mr au dr Gaschtgebere und ihrem Mo a guats Tröpfle oboda. So langsam hent dia dann notgedrunga eigsäh, dass mir an dem Dag nemme zum Hoimgeh zu bewega waret. No isch wieder richtich gmüatlich worda.

Leider hat dia Hausfrau dia tote Sau, wega dera ja des ganze Schlachtfescht schtattgfunda hat, ab bissle beweina müssa. Vielleicht sind aber au ihre Träna deshalb gflossa, weil's in ihrer ganza Wohnung so saumäßich ausgsäh hat. Auf dr Treppa isch's Sauerkraut rumgfahra, an dr frisch tapezierta Esszimmerwand sind Schmalzbrot bebbt und sogar em Schlafzimmer wared von dr Polonäse no dia fettiche Fuaßabdrück auf de Bettlaka.

Doch do hilft alles nix, wenn mr selber Säu halta muass und au no so bled isch und zum Schlachtfescht eilädt, muass mr ebba mit so kloine Oanehmlichkeita rechna. Und überhaupt, unsere Gaschtgeber kennet ja froh sei, dass sie dia normalerweise unverwertbare Schlachtrückschtänd als Feschtgelage deklariert unter d'Leit bringa kenna. Wenn dia sich beschwera wellet, no komma mir oifach s'negschde Mol nemme.

Aber des überlega dia sich guat.

rauh aber herzlich...

Welch großes Glück, wenn sich im Herbst
die Zweige bis zum Boden neigen.
Behängt mit saftigvollen Früchten,
mit Äpfeln, Birnen oder beiden.
Voll Zuversicht ruft man schon „Prost,
ihr Früchte werdet bald zu Most!"

Reif geschüttelt, aufgelesen
und in Säcke eingefüllt,
erzeugt ein volles 'Hängerle'
ein wunderbares Erntebild.

Schnell die Früchte heimgebracht.
Geschüttet in den Obstmühltrichter
wird Maische flink daraus gemacht,
da lachen Sonne und Gesichter.

Dann in Tücher eingefüllt
liegt die Maische in der Presse.
Auf den frischen trüben Saft
lenkt sich nun das Hauptinteresse.

Zuckersüß, fast 60 Öchsle
hat das flüssige Produkt.
Voller Freude und Genuss
wird es betrachtet und geschluckt.

Man kann jetzt in Eimer füllen,
was die Presse von sich gibt
und mühsam in den Keller schleppen.
Doch auch diese Mühe trübt
keinesfalls die hohe Stimmung
des Mostens - deshalb zugelangt,

auch wenn man steile Kellerstufen
keuchend auf- und abwärts wankt.

Hinein ins schwere Eichenfass
schüttet man die süße Gabe,
dass man sich in Wochen schon
am nicht mehr Süßen doppelt labe.

Es keucht und schafft nun aus dem Spunten,
der zur Gärung obenauf.
Hörbar will der Most bekunden,
dass er lebt und obenauf.

Wochen später wird es ruhig
und man zieht ihn ab - ganz klar.
Legt den Most in frisches Bette, lässt
ihn ruhen wunderbar.
Doch schon nach 3 - 4 Ruhetagen
darf man das Probieren wagen.

Ist uns das Getränk gelungen
mit eignen Mitteln, selbstgemacht,
schnalzen wir mit unsren Zungen
und loben diese klare Pracht.

Nicht jeder stimmt voll Freude ein
auf das Getränk der harten Schwaben,
denn ungeübt verträgt man nicht
woran sich Ureinwohner laben.

Most - so mancher macht dich schlecht.
Bist du auch rauh - uns bist du recht!

Es kann einer kein Schwabe sein - und trotzdem ein rechter Mensch

„Der Schwabe ischt ein guater Mensch",
so denkt er von sich schtolz,
„und's Musterländle au net schlecht,
des ischt aus gsundem Holz."

Schaffich, fleißich, brauchbar halt,
so isch der Menschaschlag,
der so viel leischtet auf dr Welt
an jedem neua Tag.

Überall wo Schwoba sind
in China und am Nil,
do werd was gschafft, do geht was ab,
do braucht mr fei koi Brill.

Dabei vergisst dr Schwabe nie,
wo er geboren war,
was ihm sei Schwobaländle ischt,
so traut und wunderbar.

Er lernt an manchem Orte
wie groß dr Unterschied -
nicht nur im fremden Worte,
nicht nur im fremden Lied.

Doch er gesellt sich gern dazu
zu allem, was ihm neu.
Vor allem was ihm fremd erscheint,
da zeigt er keine Scheu.

So hat er Menschenkenntnis
wie sonst kein andrer Schtamm.
Er lernt und saugt was an ihn dringt
ein, wie ein trockner Schwamm.

Ja - er geschteht ganz gönnerhaft,
was man daraus gewinnt:
„S'gibt rechte Menscha auf dr Welt,
die keine Schwoba sind."

Unbezahlbar...

Ein angenehmer Händedruck,
ein freundlicher Blick,
eine nette Geste,
ein liebes Wort.

Es sind die kleinen Dinge, die den Tag ausmachen, die uns erfreuen und stärken. Auch ein großes Geschenk, ein toller Blumenstrauß, glitzernder Schmuck, ein exklusives Kleidungsstück machen uns Freude.

Doch ein entscheidender Unterschied besteht. Die kleinen Dinge kosten uns nichts, kein Geld, keine Überlegung, keine Mühe. Und gerade dies macht solche Kleinigkeiten so wertvoll und kostbar.

Sie kommen ohne Umwege aus dem Herzen.

Armut

Kann ich nicht mein Eigen nennen
Reichtum, Güter, Geld und Gold,
ist mir dieses ganz egal,
hab noch nie deshalb gegrollt.

Denn ehrlich, wenn ich's recht bedenke
fehlt mir nichts zum Glücklichsein.
Hab mein Lachen, meine Freude
und ein jeder Tag ist mein.

Mir gehört des Morgens Frische
auch des Tages volles Licht,
selbst die Nacht bringt mir die Ruhe -
alles hat so viel Gewicht.

Ich hab zu Essen und zu Trinken,
hab wachen Geist und frohen Sinn.
Hab meinen Schatz und liebe Kinder
und alles scheint wie ein Gewinn.

Viele gibt's, die haben alles
und noch so viel mehr dazu.
Nur wissen sie es nicht zu schätzen,
haben vor Streben keine Ruh.

Mancher, der versteckt Gefühle
hinter Bosheit, Geiz und Zorn.
Erfährt nie die Glücksmomente,
die aus Einfachheit geborn.

Vielleicht gehör ich zu den Armen,
denn manches hab ich nicht - bestimmt!
Doch dem Geizigen fehlt alles,
weil sein Geiz ihm alles nimmt.

Neue Sicht...

Einmal nicht aufgepasst und klirrend zerspringt mein schönes Weinglas in helle Scherben. Wenigsten war es leer, so dass zum Unglück des zerbrochenen Glases nicht auch noch ein hässlicher Fleck dazukommt.

Wenn ich die Scherben so betrachte, die jetzt am Boden liegen, tun sich mir ganz sonderbare Fragen auf. Das Glas hatte, als es noch nicht zersprungen war, einen herrlichen Glanz. Das Licht spiegelte sich darin. Wenn man genau hinschaute, konnte man sein eigenes Spiegelbild darin erkennen. Nur ganz verzerrt, durch die Rundung des Glases entstellt. Und jetzt, jetzt schauen mich viele kleine Spiegel an, große und kleine. In jedem finde ich mein Gesicht. Aus jedem blickt es anders, rund und dick, schmal und lang, ganz verschieden. Immer noch das gleiche Material, das harte Glas, doch völlig verändert.
Aus einem großen Ganzen ist Vielfalt entstanden. Oder war diese Vielfalt schon zuvor vorhanden, nur verborgen und eingeschlossen? Sind alle Dinge, die neu entstehen bereits Wirklichkeit - nur versteckt? Dazwischen gelegt wie Zettel in einem Buch? Würden wir nicht darin lesen, wir würden die Geheimnisse nie finden. Das Buch bliebe nur ein Stück bedrucktes Papier.

Ich betrachte mir noch einmal die Scherben, dann fege ich sie zusammen, werfe sie in den Müll. Aber mein Eindruck steht fest: Wenn eine heile Welt zerbricht, so finden sich dahinter viele neue Welten. Auch schöne, vielleicht noch schönere. Man muss mit den Neuen nur sehr behutsam umgehen, vorsichtig und ohne Hast. Man könnte das neu Entstandene schnell zerstören und sich dabei selbst verletzen.

bisher erschienen:

... dr Schwobaseckel
Band 1 - 132 Seiten ISBN 3-9806999-1-9

... dr Schwobaseckel
oder grad wia aus am Leba
Band 2 - 132 Seiten ISBN 3-9806999-0-0

... dr Schwobaseckel
oder so geht's zua im Ländle
Band 3 - 132 Seiten ISBN 3-9806999-2-7

... Rotzböbbela und andere Kataschtrophen
176 Seiten ISBN 3-9806999-3-5

... Saitawürschtla und weitere umegliche Tatsacha
176 Seiten ISBN 3-9806999-4-3

... Fettnäpfla oder mittadrin isch au daneba
176 Seiten ISBN 3-9806999-5-1

Zu erhalten im Buchhandel oder direkt beim
Verlag Albeck, Kirchgasse 14, 74223 Flein